HÉSIODE ÉDITIONS

PETRUS BOREL

Le Trésor de la caverne d'Arcueil

Hésiode éditions

© Hésiode éditions.

1 rue Honoré - 93500 Pantin.
ISBN 978-2-493135-83-4
Dépôt légal : Octobre 2022

Impression Books on Demand GmbH

In de Tarpen 42
22848 Norderstedt, Allemagne

Le Trésor de la caverne d'Arcueil

I.

Au commencement du siècle dernier, il y avait à la Bastille un jeune homme qui se disait Hollandais, prenait le titre de comte, et prétendait appartenir à l'illustre maison des marquis de Brederode, seigneurs de Vianen, près Utrecht.

Chaque fois que ses compagnons de captivité le questionnaient sur la cause de son incarcération, ce mystérieux personnage ne leur répondait que par le récit bizarre qui va suivre.

À la faveur d'une fable, voulait-il cacher le véritable motif de son emprisonnement ? Une longue et cruelle détention avait-elle aliéné son esprit ? Disait-il vrai, bien que la chose fût peu vraisemblable, ou cette aventure n'était-elle qu'une imagination de sa tête égarée ? – On ne sait ; – je l'ignore, – et sans doute on l'ignorera toujours.

Les registres même de la Bastille ne portent que la date de son entrée et la date de sa sortie ; et sans ce que nous ont appris quelques prisonniers qui avaient reçu ses confidences, et qui, plus heureux que lui, virent un terme à leur infortune, cette victime d'une faute assurément moins grande que le châtiment fût restée tout-à-fait inconnue.

Quoi ! naître, – avoir vingt ans, – être jeté dans un cachot, – y mourir, – sans même laisser après soi la trace d'un pas ou le bruit d'une plainte !... Quoi ! souffrir et se dire : – La postérité pour moi n'aura point de larmes, et ne refera point le jugement de mes juges ! – Peut-il être au monde un sort plus affreux ?

Mais détournons bien vite notre esprit d'une réflexion aussi sombre. Venons sans préambule à l'histoire étrange ou plutôt au rêve que racontait notre prisonnier, et tâchons comme lui, au moyen de malheurs bien singuliers, sinon imaginaires, d'oublier des malheurs plus réels.

Brederode, que nous allons laisser parler lui-même, de peur d'altérer en rien la naïveté et l'originalité de sa parole, s'exprimait ainsi d'ordinaire :

II.

Un soir, je ne sais au juste quelle heure achevait de sonner à la paroisse Saint-Gervais, je traversais la Grève, et comme j'arrivais à l'une des extrémités de cette place, tout à coup une voix tonnante, partie d'un cabaret voisin, m'appela.

– Eh ! l'ami !... comte, deux mots ! entrez donc !

Après avoir hésité quelques instants, je me rendis à cette brusque invitation.

– Qui, diantre, m'appelle ici ?... Ah ! c'est vous, mon révérend ! m'écriai-je.

J'avais aperçu à table, vis à vis de quelques bouteilles, un moine avec lequel je me trouvais lié depuis peu, et qui, pour ne point contrarier l'usage, était fleuri au possible et passablement rebondi.

– Soyez le bienvenu, mon cher ami, me dit le cénobite, prenez un siège, et faites-nous l'honneur de trinquer avec nous. Goûtez, je vous prie, à ce coquin de petit vin d'Aquitaine. Allons donc, ne faites pas de façons. Buvons et disons gloire au Seigneur ! – À propos du Seigneur, avez-vous peur du diable ?

– Non, mon révérend.

– Vous n'avez pas peur du diable ! Vive Dieu ! vous êtes un homme ! emplissons nos verres, et portons un salut à sa santé !

– Ceci passe les bornes, mon révérend ; je ne redoute pas le diable assurément, mais je ne dis pas pour cela que je l'affectionne. Trinquez à sa prospérité, si bon vous semble ; quant à moi, je m'en abstiendrai.

– Vous avez donc peur du diable ?

– Mon révérend, je vous ai donné l'assurance du contraire.

– Ah ! tant mieux ! car je veux faire votre fortune, répliqua le moine en baissant la voix et en affectant un air de bienveillance.

– Faire ma fortune !... Merci, mon père, vous êtes bien honnête, mais par le temps présent ce n'est pas chose facile qu'une fortune à faire, à moins d'aller annoncer le saint Évangile dans les Indes.

– Écoutez-moi, mon cher comte ; je vous parle sérieusement. Nous devons enlever à Arcueil un trésor caché dans une caverne. Tout est préparé pour faire réussir l'entreprise dès ce soir même, n'en doutez pas. Venez, si vous l'osez, et vous partagerez avec nous les sommes énormes du trésor.

– Vraiment, mon père ! Mais ceci est une chose vieille et connue, dis-je alors en souriant, car je voulais m'amuser aux dépens du moine et de sa confidence ; il y a longtemps que j'ai entendu parler du trésor enfoui dans la caverne d'Arcueil. C'est s'y prendre un peu tard, l'oiseau est déniché.

– L'oiseau est déniché ! Non, certes ; vous êtes mal informé, mon jeune ami ; et avec l'assistance du diable, croyez-le bien, nous trouverons dans le nid toute la couvée.

– Avec l'assistance du diable ! Je ne vois pas trop, à vous parler franchement, mon père, comment et pourquoi Satan se mettrait en possession de ce trésor, et encore moins comment, après s'en être rendu le maître, il serait assez bête pour le livrer au commandement d'un prestolet ou d'un jongleur.

– Venez avec nous seulement, cher comte, me répondit de nouveau et sans s'émouvoir le prieur, car notre moine, qui, au mépris de la robe et de l'épée, avait épousé le froc pour s'épurer sur la terre dans les afflictions, possédait en Normandie un riche prieuré. Venez seulement avec nous ; soyez ferme et résolu, et demain vous ne révoquerez plus en doute la réalité des puissances occultes.

– Mais quel est le prêtre, le sorcier ou l'exorciste ? demandai-je alors au saint adepte, plutôt pour me jouer de sa crédulité que par un véritable intérêt.

– C'est moi, le prêtre exorciste, moi, cher comte, votre très humble serviteur et père en Dieu. Quant au magicien, il vous surprendra beaucoup. Lorsque vous le connaîtrez, vous en resterez ébahi… Tenez, justement le voici. Ma foi, il arrive on ne peut plus à propos, comme un personnage de comédie.

Une jeune fille, accompagnée de plusieurs hommes à mine plus ou moins hétéroclite, entrait en effet en ce moment.

– Très bien, très bien, messieurs, leur dit-il ; je vous fais compliment, vous êtes gens de parole.– Puis il ajouta en me désignant :

– J'ai l'avantage, messieurs, de vous présenter un nouveau compagnon, M. le comte de Brederode, seigneur hollandais, qui daigne m'honorer de son amitié. Messieurs, je vous réponds de lui comme de moi ; c'est un bon et brave gentilhomme, aussi loyal que son épée. Vous, mademoiselle, approchez et saluez M. le comte, poursuivit notre prieur, prenant la jeune fille par la main. Et vous, monseigneur, murmura-t-il à mon oreille, rendez hommage au terrible nécromancien.

– Terrible ! répétai-je, ouvrant de grands yeux et toisant la belle inconnue. Non, sur l'honneur, une personne aussi séduisante, aussi accomplie, bien loin de m'inspirer de l'effroi, me mettrait volontiers de doux sentiments dans le cœur, et certes je m'estimerais fort heureux d'entrer en commerce avec une si ravissante Circé.

– Suzanne, cher comte, fait pourtant trembler le diable, ainsi que vous le verrez bientôt.

– S'il tremble, le vieux mécréant, ce n'est, je gage, que d'attendrissement, repartis-je.

Puis, m'adressant à Suzanne :

– Or ça, confiez-moi, ma belle enfant, lui dis-je, qui vous a si bien instruite en diablerie et en magie ?

– Cette science, monsieur, est héréditaire dans notre famille ; mon père était le plus habile sorcier des Landes. Bien qu'il ne fît qu'un simple berger, cent fois il fit descendre la lune et danser le soleil.

– Sandis ! m'écriai-je, ceci, ma colombe, se sent un peu de la Garonne. Sans être trop curieux cependant, je donnerais bien dix bons louis d'or de bon aloi pour savoir au juste, belle enchanteresse, quelle descente faisait la lune, et pour avoir l'air noté du menuet que dansait l'astre du jour.

Mais, sans me donner le temps de poursuivre ma plaisanterie, le prieur, m'ayant engagé à prendre la main de la jeune évocatrice, m'invita, ainsi que toute la compagnie, à passer dans l'arrière-salle du cabaret, où un fin et copieux souper nous était servi.

Le bon moine n'était pas sans crédit auprès de l'hôtesse, et d'ailleurs ce n'était, disait-il, qu'un à-compte pris par avancement d'hoirie sur le gros trésor qui nous attendait dans la grotte d'Arcueil.

III.

Le repas fut des plus joyeux. La pitance ne fut pas ménagée, ni surtout le vin ; mais le maraud, quand on ne le ménage pas, ne nous épargne guère : il a bientôt mis à l'envers cette raison humaine dont nous sommes si fiers. Quand je dis à l'envers, je parle dubitativement, et je suppose, ce qui est certainement fort contestable, qu'elle est ordinairement à l'endroit. C'est une chose vraiment merveilleuse que la puissance du vin ! elle sait en un instant nous faire un âne du lion le plus superbe. Un génie homérique qui dominerait tous les génies, une raison à la Descartes qui surpasserait toutes les raisons, avec une cruche de jus de raisins vous l'anéantissez. Avec six sous d'alcool, vous enlevez à un Blaise Pascal toute sa logique, et pour un petit écu d'hydromel ou de marasquin, vous faites d'un élégant M. Regnard un chien couché sous une porte.

Mais revenons à nos sorciers, que nous retrouvons aimables et tout remplis d'une gaieté apportée de la cave, comme nous l'avons dit. La conversation s'était échauffée ; c'était un bruit à rendre sourd, un véritable désordre.

– Il est bien convenu, criait l'un, que le partage sera fait également entre tous.

– En vérité, reprenait l'autre, si le trésor est aussi riche qu'on nous l'assure, et si la part de chacun est énorme, je ne sais, foi d'honnête homme, ce que je pourrai faire de la mienne.

– La chose pourtant n'est pas embarrassante, répliquait le prieur pour mon compte, cela ne m'inquiète guère. J'en ferai… que sais-je ?… bâtir une chapelle…, ou plutôt un couvent délicieux, que j'emplirai de nonnes fraîches et bien choisies. Et comme directeur et fondateur, il va sans dire que je m'y réserverai mes grandes et petites entrées.

– J'approuve fortement ce ravissant dessein, et je l'imiterais volontiers, mon révérend, si je n'étais laïque, dis-je alors moi-même pour prendre part à cette folie générale, qui commençait sérieusement à me divertir.

– Belle difficulté, mon ami ! repartit de nouveau le bon moine. Vous êtes laïque ; allez en Syrie, et bâtissez un harem.

– Vous avez l'esprit fertile et plein de ressources, cher et vénérable prieur ; mais je vous remercie, lui répondis-je gaiement à mon tour ; je n'aime pas les Turcs, et ils n'aiment guère les papistes, ces huguenots sauvages qui se permettent d'accommoder si rudement tout ce qui tombe entre leurs mains. Vraiment, je ne suis pas comme le perdreau qui veut être rôti, ou comme le râble du lièvre qui demande à être mis à la broche, ainsi qu'on peut le voir au Cuisinier royal. – Et vous, père Le Bègue, poursuivis-je, me tournant vers un petit personnage d'un aspect fort original qui jusque-là avait gardé le silence, et que je venais de reconnaître pour un célèbre musicien de Saint-Roch ; allons, voyons, dites-nous, je vous prie, que ferez-vous de votre part ?

– Ce que j'en ferai, messieurs ! riposta vivement le bonhomme avec l'énergie que procure un bon repas et s'adressant à l'assemblée, qui se calma aussitôt pour mieux entendre sa réponse ; ce que j'en ferai !… Je donnerai sur-le-champ congé au roi ; je lui dirai : Sire, vous m'ennuyez ; cherchez un autre organiste. Puis, au lieu de fonder, à votre instar, des réclusions ou des sérails, je ferai bâtir une immense salle de concert, avec un buffet d'orgues merveilleux, où tout le peuple serait admis gratuitement, comme jadis le peuple romain dans le cirque ; puis j'établirai un conservatorio comme il en existe depuis longtemps en Italie, ce dont notre pauvre France a grand besoin… Hélas ! messieurs, la musique s'en va ! L'école flamande est morte ! La bonne école de Lully s'efface de plus en pins chaque jour ! C'est à peine si vous trouveriez deux bons chanteurs en Picardie, ma patrie, en Picardie, où toute l'Europe, où Rome et Naples, il n'y a pas un siècle, venaient chercher leurs habiles musiciens, comme aujourd'hui on va chercher la morue au grand banc de Terre-Neuve !

Un rire unanime accueillit cette étrange palinodie, et chacun de déclarer au père Le Bègue qu'il avait le cerveau détraqué comme ses orgues, qu'il était fou.

Les plus turbulents criaient : Vivent les buffets d'office ! à bas les buffets d'orgues ! Et de ce nombre était notre moine à la voix forte et à la mine rubiconde et joufflue.

– Quant à moi, messieurs, leur dis-je, croyez-en le comte de Brederode ; je vous tiens, tous tant que vous êtes, pour autant de triples et quadruples fous ! et je fais si peu de cas de la fortune, que, chose à laquelle je ne crois nullement, s'il m'advenait sur ce trésor cinquante mille louis pour ma part, j'achèterais immédiatement pour vingt mille louis d'encens, de myrrhe et de cinnamome, et pour trente mille de bois de cèdre et de santal, que je ferais porter triomphalement au beau milieu de la plaine de Saint-Denis, afin de prouver au moins une fois, en y mettant le feu, ce dicton mensonger et vulgaire, que la richesse, comme la gloire, n'est qu'une vaine fumée.

– Ah ! pour le coup, pardonnez-nous cette franchise, c'est vous qui avez l'esprit égaré, monsieur le comte !... me cria-t-on là-dessus de toutes parts.

Ma proposition burlesque avait produit l'impression que j'en attendais : elle avait mis la gaieté à son comble.

Je laissai passer les premiers transports de cette hilarité, et, lorsque le bruit se fut assez apaisé pour qu'il me fût possible de placer quelques paroles, j'entrepris avec un grand sang-froid de démontrer à nos tapageurs qu'eux et non pas moi étaient en démence, leur apportant pour dernière preuve qu'il n'y avait que des insensés qui pussent ainsi vendre la peau de l'ours avant de l'avoir tué.

IV.

À cette sage réflexion que j'avais lancée adroitement pour faire sentir à nos convives qu'ils s'oubliaient comme les soldats d'Annibal dans les délices de Capoue, le prieur fit avancer sur-le-champ des carrosses de place, où toute la tumultueuse compagnie ne tarda pas à se précipiter et à se ranger, chacun suivant ses affinités ou sa sympathie. Pour moi, je m'attachai à la personne de mon ami le cénobite, comme un enfant à la robe de son menin. Au milieu de ces inconnus et de ces ténèbres, il était ma colonne de feu.

Après un assez long et assez pénible trajet, qui n'offrit rien de bien digne de mémoire, nos modernes Argonautes arrivèrent enfin sur le territoire d'Arcueil.

Une personne affidée, qu'on avait apostée secrètement dans la campagne et qui faisait le guet, accourut aussitôt au-devant de nous, et nous ayant introduits dans l'enclos mystérieux, elle nous mena vers l'antre du prétendu trésor. L'antre du trésor était une caverne obscure, cela va sans dire ; que serait une caverne si elle n'était obscure ? que serait un traître s'il n'avait l'air rébarbatif et félon ?

Or, pendant que Suzanne, la gentille magicienne, se déshabillait ; pourquoi se déshabillait-elle ? je ne sais : il est à croire toutefois que les vêtements, qui sont une chose contre nature, paralysent les sortilèges, puisque nous voyons les auteurs les plus scrupuleux et les mieux famés en user ainsi avec leurs nécromants ; – pendant, dis-je, que Suzanne se déshabillait, voulant jouer l'homme de sang-froid et de courage, une bougie à la main gauche et une épée dans la droite, j'entrai bravement dans la caverne, et je me mis à la parcourir dans tous les sens, mais sans y rien rencontrer, pas même un hibou.

Suzanne à son tour y pénétra. Elle était sous le harnois d'un simple petit jupon garni d'une fine dentelle... Oh ! l'appétissante petite sorcière !... Elle portait un flambeau de résine et un grimoire tout large ouvert.

Avec un seul homme de la troupe, je fus placé alors à l'entrée de la caverne ; le reste de la compagnie eut l'ordre de demeurer dans l'éloignement.

Il y avait à peine quelques instants que, mon compagnon et moi, nous nous tenions ainsi aux écoutes, quand tout à coup nous entendîmes Suzanne parler et s'écrier d'une façon très impérative :

— Voilà bien des fois que tu fausses ta promesse ! Je veux, je prétends, j'ordonne que tu me livres à l'instant le trésor.

À cette injonction, une voix qui ne pouvait être à coup sûr que la voix d'un génie infernal, répondit :

— Tu ne sauras vaincre ma résistance cette nuit, ne m'importune pas davantage, il y a trop de monde avec toi ; et si le prêtre, ton compagnon, ou tout autre, s'avise d'enfreindre la loi que j'impose, je jure de lui tordre le cou en ta présence.

En entendant ce singulier discours, je partis d'un grand éclat de rire, qui retentit longtemps dans la caverne. Était-ce un rire bien sincère ? Je n'oserais le croire ni raffirmer aujourd'hui, car tout cet appareil nocturne n'était pas sans avoir fait quelque impression sur mon esprit. Il y a dix à parier contre un que je frissonnais tout bas, comme dit Montaigne, dans la citadelle de mon pourpoint. Mon acolyte semblait pétrifié.

— Lui tordre le cou en ma présence ! Non, non, je ne te redoute pas, répliqua Suzanne ; je saurai t'en empêcher.

— Eh bien ! alors, cria la voix mystérieuse, tremble pour toi-même.

Le diable, en proférant cette dernière menace, se mit, sans aucun respect pour la beauté, à maltraiter violemment Suzanne. On entendait résonner les coups sur son joli corps aussi distinctement que nous pouvons entendre d'ici sonner l'heure à l'horloge de la ville. Cela était vraiment déchirant !

En véritable chevalier, je voulus voler à la défense de la belle opprimée, mais mon compagnon me retint, jurant par le ciel et la terre que je serais perdu si je faisais un seul pas.

Suzanne reparut bientôt, l'œil hagard, meurtrie, échevelée, et cependant la courageuse enfant ne laissait pas échapper une plainte.

Toute la compagnie s'était rassemblée autour d'elle, et chacun avec intérêt s'empressait de lui adresser quelque question : – Et le trésor, et le diable, mademoiselle ?

Quant à moi, j'avais repris mon air moqueur, et je plaisantais le prieur sur la brillante issue de son expédition.

– Mon révérend, lui disais-je, n'a-t-il pas été convenu que le trésor, c'est-à-dire ce que le diable livrerait à la conjuration de notre jeune Hécate, serait partagé entre tous pareillement, et que chacun de nous y aurait un droit égal ? Faisons donc justice. – Allons, belle Suzanne, allons, sans pitié, distribuez à chacun son dividende. Donnez-moi, de grâce, les coups qui me reviennent.

Mais le prieur faisait toujours assez bonne contenance ; il se contentait de répondre à ces railleries, avec sa candeur habituelle :

– Le diable, mon cher monsieur, n'est pas aussi traitable que vous semblez le croire. Ne riez pas ainsi. Nous aurons sans doute meilleure chance la prochaine fois.

Et comme on allait se retirer et monter dans les carrosses pour regagner la ville, Suzanne proposa de tenter le lendemain un nouvel essai, ce qui sur-le-champ fut accepté.

V.

Le lendemain, en effet, ainsi que cela était convenu, tous nos chercheurs d'or se rassemblèrent au cabaret de la Grève, où nous soupâmes encore fort gaiement et toujours aux frais du trésor en perspective. Puis, à l'heure fixée pour le départ, nous nous mîmes en route pour la maison de campagne, théâtre de nos ténébreuses investigations, qui appartenait à l'une des personnes de la société.

Là, au clair d'une pleine lune, à pas de loup et dans le silence, sur les onze heures et demie, on se rendit dans le parc, où Suzanne, ayant fait jurer au propriétaire du lieu que nous étions seuls dans cette enceinte, nous plaça en sentinelles perdues, à diverses distances l'un de l'autre ; après quoi elle décrivit autour de nous des cercles magiques, et nous défendit expressément de sortir de ces anneaux mystérieux.

Lorsque minuit sonna, la jeune magicienne monta sur an tertre assez élevé, situé à peu près au milieu de toutes les sentinelles, et, détachant sa coiffure, elle laissa flotter ses longs cheveux sur sas belles épaules. Ensuite elle se dépouilla modestement de tous ses habits, ne gardant encore cette fois que le harnois de son fin jupon garni de valencienne.

Ce corps svelte et ravissant, éclairé et moiré par les rayons argentés de la lune, se dessinait sur des touffes de baguenaudiers, comme les amours de l'Albane sur des ramées vertes. Oh ! cela était délicieux ! cela avait quelque chose d'antique et de druidesque... Ah ! Suzanne, Suzanne, c'est toi qui recelais le précieux trésor.

Quand je vis de nouveau la pauvre enfant dans ce simple équipage, je lui criai du milieu de mon cercle magique, car je n'avais point renoncé à mon rôle de railleur : – Holà ! ma belle, mais une cuirasse vous conviendrait mieux ! Prenez garde, vous savez que le diable n'y allait pas de main morte, dans la caverne !

Aussitôt que le silence fut rétabli, Suzanne prit son grimoire ; elle s'agitait frénétiquement, elle murmurait des mots étranges et barbares, sans doute dans une de ces langues inconnues en usage dans les pays féeriques, et que possèdent si bien M. Lemaistre de Sacy et M. d'Herbelot.

Mais, peu satisfaite de ces premiers enchantements, elle s'ouvrit adroitement une veine, et, traçant avec une goutte de sang quelques caractères sur une feuille de chêne, elle la jeta au vent en poussant vers le ciel une singulière clameur.

À ce cri significatif, tout à coup cinq cavaliers magnifiques, ou plutôt cinq spectres vêtus de pourpre, de blanc, d'azur, de noir et d'aurore, apparurent dans les airs et vinrent caracoler au-dessus de sa tête, comme un reflet prismatique qu'un enfant se plaît à faire papillonner sur un mur. – Semblant s'élever soudain jusqu'à eux, Suzanne disparut bientôt, à notre grande stupéfaction.

Je ne sais ce que pouvaient être ces fantômes aériens, de quelle région ils venaient, ni dans quelle région ils l'emmenèrent ; mais ce que je sais bien, c'est que l'absence de notre magicienne se prolongeait beaucoup, et que chacun à son poste commençait à s'ennuyer considérablement.

– Par saint Waast mon patron, ventrebleu, mon révérend, dis-je alors au prieur, est-ce que nous allons passer ainsi toute la nuit en espalier ? Nous finirions par drageonner et pousser du chevelu. Qu'attendons-nous ? Ne voyez-vous pas, messieurs, que c'est un tour de passe-passe ! – Tandis que nous demeurons là comme des niais à nous morfondre, je gage dix pistoles que la belle repose sur un bon lit de plume, se pâmant de rire en songeant à nous. – Si l'on ne peut sortir de son cercle, au moins, mon révérend, peut-on s'y coucher ? Je voudrais, pour me distraire, écouter pousser l'herbe.

– Chut ! monsieur le comte ; chut ! vous blasphémez ! criait notre moine en grand émoi et de toute la puissance de sa poitrine. Messieurs, messieurs, restez en place ; je vous en prie, ne bougez pas, ou vous êtes morts !

Mais heureusement les cinq cavaliers aux couleurs prismatiques reparurent tout à coup, galopant ventre à terre au haut de l'empire éthéré, et au même instant un tourbillon de nuées, ou toute autre chose, rapporta Suzanne, qui retomba justement sur le monticule d'où, quelque temps auparavant, elle avait été merveilleusement enlevée » ou du moins avait para l'être.

D'une voix mourante elle appelait à son secours. L'épée à la main, suivi de toute la compagnie, je courus aussitôt vers elle. Mais besoin était plutôt d'un chirurgien que d'un chevalier.

La pauvre jeune fille se trouvait dans un état affreux et difficile à dire ; tout son corps était moulu et déchiré, ses yeux étaient fixes et pleins de larmes, et semblaient cloués au fond de leurs orbites. Il fallut la transporter en toute hâte dans une espèce de masure abandonnée, située dans le lieu le plus reculé du parc, où, me l'assura-t-on plus tard, elle demeura plusieurs jours entre la vie et la mort.

Quand je vis Suzanne dans cet état déplorable, je m'approchai du moine et je lui dis sévèrement : – Décidément, monsieur, je renonce à mon droit de partage sur le trésor. Vous connaissez mon peu de goût pour les richesses ; ce n'était que par un simple motif de curiosité, ce que j'en faisais ; mais il serait impossible à mon cœur de prendre part plus longtemps aux tortures de cette malheureuse enfant.

– Pardieu ! vous plaisantez, cher comte, me répondit gracieusement notre homme, recevant cette sortie avec son sourire accoutumé ; cet accident n'est rien. Croyez-moi, je vous le dis en confidence, à vous seul, le diable a donné sa parole qu'à la prochaine lune il livrerait le trésor.

VI.

Arrivé à cette division de son récit, M. de Brederode demandait d'ordinaire au prisonnier qui l'écoutait, quelquefois au nombreux auditoire qui s'était formé autour de lui, aux heures de promenade, dans le jardin du Donjon ou sur la plate-forme de la Bastille, si l'on désirait qu'il fît connaître en quelques mots, avant de pousser plus loin vers ce qu'il appelait la péripétie de ses malheurs, ce que c'était que le trésor de la caverne d'Arcueil, ou plutôt quelle était l'origine de cette croyance ancienne et générale,

Rien ne plaît tant à l'esprit de l'homme que l'histoire des richesses confiées mystérieusement à la terre, surtout à l'esprit de l'homme malheureux, car dans ces biens que souvent une pierre ou quelques pieds de poussière seulement dérobent à nos regards, et qu'an hasard peut livrer à l'un comme à l'autre, il voit l'unique secours qui saurait le racheter de ses peines.

Le laboureur que le besoin obsède ne donne pas un coup de bêche dans son champ amaigri et pierreux sans se pencher et prêter l'oreille pour écouter s'il ne s'est pas fait sous le choc de son fer quelque bruit sonore.

Plus un peuple est devenu misérable, plus chez lui l'existence merveilleuse des trésors enfouis est une idée importante et commune. De Murviedro aux Algarves, de Tolède à Grenade, il n'y a pas un Espagnol en manteau troué, n'ayant ni poches ni maravédis, qui ne compte sur la découverte prochaine de quelqu'un des immenses trésors que les Maures cachèrent, dit-on, à leur départ jusque dans les fondements des édifices, jusque sous le lit des rivières. – Si l'on pouvait retourner notre ville comme on retourne una tortilla (une omelette), disent sans cesse les bonnes gens de Salamanque, on y trouverait plus d'or que le Nouveau-Monde n'en a fourni et n'en fournira.

Aussi les compagnons d'infortune de M. de Brederode accueillaient-ils avec empressement sa séduisante proposition. Une telle digression pouvait-elle ne pas ajouter au plaisir qu'ils prenaient naturellement à son intéressante histoire ?

Il est vrai que notre jeune seigneur hollandais avait une grâce persuasive toute particulière lorsqu'il laissait courir son imagination et sa parole. On quittait promptement avec lui le triste domaine du réel, chose bien douce pour de pauvres gens en captivité ; on trouvait promptement sa coque, et, comme le papillon essorant ses ailes aux vives couleurs, on s'en allait flâner et voltiger, loin des verrous et de la discipline, dans une vie toute de fantaisie et de caprice.

Lorsque M. de Brederode s'était fait signer ainsi sa nouvelle feuille de route par son auditeur ou son auditoire, il commençait alors avec sa voix cinglante et moqueuse, qui savait donner du prix aux particularités les plus oiseuses, au moindre détail, l'espèce de narration qui va suivre. Nous nous sommes fait un devoir, comme pour ce qui précède, de n'apporter aucun changement, ni dans le fond ni dans la forme de ce récit, de peur de substituer la raison glaciale et les draperies étriquées d'un esprit moderne aux oripeaux et franches boutades d'un vieil esprit.

Mais laissons donc parler M. de Brederode.

– En histoire de même qu'en grammaire, reprenait-il, tout a son étymologie. Ou connue ou cachée, il n'y a pas de croyance, si absurde qu'elle puisse être, qui n'ait sa source quelque part. En ce qui concerne l'existence d'un trésor enfoui dans la caverne d'Arcueil, puisque vous voulez bien me le permettre, voici le fait, net et positif, qui, non sans beaucoup de raisons, avait donné lieu à cette opinion vulgaire.

VII.

Dans les dernières années du règne du bon roi Henri IV, du moins c'est ainsi que l'aventure se raconte, vivait à Paris un vieil orfèvre en grande renommée pour les choses de sa partie et pour beaucoup de choses qui n'en étaient pas, comme chacun alors le pouvait savoir.

Sa maison, bien célèbre mais d'assez triste apparence, était située dans une sorte de place ou d'enfoncement, derrière les bâtiments du vieux Louvre, et se composait d'un mur en pignon sur la rue, peinturé d'une certaine couleur verte, percé d'une seule ouverture étroite en manière d'entrée, ce qui lui donnait assez l'air d'une tirelire, avec quoi d'ailleurs elle ne laissait pas que d'avoir plusieurs autres ressemblances.

Elle avait bien eu jadis une paire de croisées, mais, pour des raisons qu'il vous sera facile de déduire dans la suite, un bandeau de plâtre y avait été solidement appliqué. – Les poètes n'en font pas moins sur les yeux de l'amour.

Au-dessus de la porte, et c'était le seul objet qui pût faire soupçonner extérieurement ce qui se vendait en ce lieu, il y avait, cloué sur un morceau de charpente, un bassin de cuivre ciselé, au fond duquel se distinguaient sous la rouille des arme» de blason, avec cette légende en langue et lettres étrangères : – Gold ist gut (l'or est bon).

Vous voyez par cette devise que maître Jean d'Anspach, joaillier de la couronne, ne se targuait pas d'hypocrisie, qu'il ignorait ou affectait d'ignorer absolument l'art vulgaire aujourd'hui de rougir de ses propres sentiments ; car si cet homme avait un défaut capital (hélas ! qui de nous est sans reproche ?) c'était celui d'aimer un peu trop la matière qu'il mettait en œuvre.

Il était venu autrefois, dans sa jeunesse, du margraviat d'Anspach, son pays, avec la trousse de cuir et le simple tablier de compagnon. Mais l'habileté qu'il avait acquise en Allemagne dans l'art d'exécuter sur les métaux précieux des incrustations et des nielles, n'avait pas tardé à faire de lui l'ouvrier à la mode, le bijoutier du roi et de la cour.

Laborieux et sobre, notre Allemand fit d'abord assez rapidement une fortune honorable, qui peu à peu, l'Apreté au gain s'en mêlant, finit par être, pour le temps et pour l'homme, véritablement colossale.

Certes, au milieu de tout son bonheur, il avait été d'une grande lésinerie ; certes il avait vendu dûment et cher de beaux joyaux au roi pour ses maîtresses, et aux maîtresses du roi pour leurs amans. Mais quelque profonde qu'eût été sa parcimonie, mais quelque nombreuses qu'eussent pu être ses fournitures d'anneaux, de pendants, d'écrins et de capses, pour Jacqueline de Bueil, pour la somptueuse Mme Gabrielle ou pour Mme de Verneuil, jamais ses richesses n'auraient atteint leur chiffre prodigieux s'il n'avait mêlé à ses travaux naturels de certaines opérations de finance, sourdes et sous-marines, d'une moralité plus douteuse, tel que le prêt sur gage et l'usure au denier vingt. Sa boutique avait été le champ où s'étaient fauchés bien des héritages en herbe ; la jeune noblesse surtout y avait perdu la fleur de ses écus, sinon la fleur de sa chevalerie.

En un mot, puisqu'il faut quelquefois appeler les choses par leur nom, maître Jean d'Anspach était une de ces âmes sales dont parle La Bruyère, pétries de boue et d'ordure, éprises de gain et d'intérêt, comme les belles âmes le sont de la vertu et de la gloire.

On ne voit pas communément sans quelque petit sentiment d'envie le bonheur le plus mérité descendre sur le toit du prochain, et c'est le lot de ceux qui sont traités durement par la fortune, cette espèce de demi-déesse aveugle et stupide, plutôt faite pour servir l'avoine dans une hôtellerie que pour dispenser le bien-être aux humains, de s'égayer aux dépens de ceux auxquels elle s'est si bêtement avisée de sourire.

Notre homme prêtait justement un large flanc aux moqueries. Son avarice inouïe, sans exemple, incalculable, fournissait à la méchanceté publique le thème le plus plaisant et le plus fertile, sur lequel le commun ne tarissait pas.

On l'accusait de ne s'être pas marié par économie, et d'avoir dit plusieurs fois qu'il aurait bien pris une compagne, s'il avait su pouvoir en trouver une comme la femme de Loth, changée en statue de sel, afin de manger sa soupe moins fade et de frauder les droits de la gabelle.

On prétendait, que sais-je, et vraiment je suis embarrassé pour vous faire comprendre la chose bien honnêtement, que pour s'asseoir, de peur d'user la partie la plus essentielle du vêtement le plus nécessaire, il rabattait ordinairement son haut-de-chausses sur ses talons, et montait ainsi à nu le banc de chêne de son comptoir, comme faisaient les cavaliers numides sur leurs chevaux sauvages si nous en croyons l'antiquité.

On imaginait encore mille choses plus ou moins cruelles ou bouffonnes ; mais ces deux traits profondément caractéristiques peuvent nous suffire, je pense, pour juger de l'étendue d'une aussi énorme ladrerie, avec laquelle d'ailleurs nous aurons encore beaucoup à démêler.

Maître Jean d'Anspach, plongeant et replongeant dans ses coffres, espionnant son ombre, barricadant ses armoires et verrouillant ses portes, avait coulé des jours nombreux et fort bien remplis, quand il eut enfin commencé de sentir que concurremment à ses richesses il avait amassé beaucoup d'années, il se dit : – Ce n'est pas tout que de savoir acquérir, il faut savoir conserver ; et vraiment, maintenant que je perds de ma vigilance et de mon énergie, il n'y a pas de sûreté à demeurer plus longtemps ici dans une maison si mal close et bâtie sans précaution sur le bord de la voie publique. N'attendons pas d'ailleurs, pour tirer profit de notre achalandage, que notre clientèle, décimée chaque jour par la faux du temps et de la mort, soit descendue tout-à-fait dans la tombe, et retirons-nous dans un lieu plus propice où nous pourrons goûter enfin avec loisir et garantie le précieux fruit de notre persévérance et de notre industrie. En conséquence, il avait donc vendu son atelier d'orfèvrerie un prix, n'en doutez pas, fort acceptable, et s'en était allé couver a'écart son butin dans une fort belle maison seigneuriale que depuis quelque temps il possédait à Arcueil.

Cette propriété, d'une valeur considérable au moyen des intérêts lies intérêts, des renouvellements et des répits, avait passé entre ses mains des mains d'une pauvre et noble dame obérée après la mort de son époux, et qui, à la faveur de ce nantissement, lui avait fait l'emprunt d'une assez modique somme.

Quant à ce qui regardait sa maison de joaillerie, il eût été certainement beaucoup plus digne d'un oncle de la laisser à un jeune neveu, l'enfant orphelin d'une sœur, que, sous prétexte de je ne sais quelle étude, des tuteurs bien avisés avaient envoyé à Paris afin qu'il fût plus à portée de la riche succession qui l'attendait. Mais chez maître Jean d'Anspach la voix du sang ne parlait pas si haut.

Bien loin de là, il voyait avec ennui et méfiance ce jeune homme, qui pourtant n'était guère fait pour donner de l'humeur ou de l'ombrage. Il aurait bien voulu l'engager à retourner en Allemagne on tout au moins lui fermer sa porte au nez ; mais le jouvenceau, d'un «esprit aimable, insouciant, enjoué, glissait, frétillait comme une anguille à travers les mauvais vouloirs et les fâcheries de son onde, sans en faire plus de cas, sans y prendre plus de garde. Et tandis que chacun autour de lui proclamait maître Jean d'Anspach un être bien vilain et bien haïssable, lui se contentait de sourire et de trouver le bonhomme original.

VIII.

Une fois emménagé et installé dans sa maison d'Arcueil, maître Jean s'y barricada comme un consul au Caire par un temps de contagion. Des croisées eurent leurs contrevents scellés à demeure ; d'autres furent si bien garnies de fer, qu'elles ressemblaient plus au gril de saint Laurent qu'à des fenêtres. A la porte d'entrée extérieure, un petit judas garni d'un grillage épais et serré fut pratiqué dans l'épaisseur du panneau, afin de pouvoir répondre à qui heurterait sans ouvrir. Au bout de chaque allée fut creusé et appareillé on piège à loup, et des tessons de verre et de bouteilles cassées furent placés en guise de chevaux de frise sur le chaperon des murs.

Voilà l'air riant et pastoral que notre vieux orfèvre, maître Jean l'avare, comme l'appelait le peuple de Paris, sut donner tout d'abord à sa maison de plaisance. Et dès qu'il put s'y croire suffisamment encloisonné, il s'y enfonça dans la retraite la plus absolue, rompant pour ainsi dire avec toute créature et toute habitude humaines.

Ce nouveau genre de seigneur ne fut pas, comme on le pense bien, sans faire une vive sensation dans le pays. Au village, vous le savez, le moindre événement produit toujours l'effet d'une noix tombée parmi des singes. Mais ce qui vint mettre le comble à l'étonnement et exciter au plus haut point la curiosité générale déjà si fortement éveillée, ce fut une douzaine d'ouvriers allemands que maître Jean avait fait venir à grands frais de son pays d'Anspach.

Ces hommes, logés dans l'intérieur du château, y avaient passé plusieurs mois, et durant leur séjour on avait vu apporter une quantité considérable de matériaux divers, de pierres et de plâtre, de quoi faire une construction très importante.

Chacun s'était attendu naturellement à voir s'élever comme par enchantement quelque tour à observer les astres, ou tout au moins deux belles ailes s'ajouter au corps massif et caduc du vieux pavillon ; ce qui pourtant n'était guère dans les allures du bonhomme.

Cependant rien de semblable ne s'était fait, ni tour, ni ailes, ni donjon, pas la moindre bâtisse apparente. Peu à peu seulement les matériaux avaient semblé disparaître, et, un beau jour, les ouvriers allemands étaient repartis secrètement comme ils étaient venus, pour retourner sans doute dans le fond de leur détestable pays ; je veux dire dans le margraviat d'Anspach.

Quelle besogne de sorciers ces braves Teutons avaient-ils donc faite ? À quoi diable avaient-ils employé tant de temps et de matériaux ? On avait bien cherché à s'en rendre compte en espionnant par dessus les murs de clôture, mais on n'avait rien pu voir. On avait bien essayé quelques questions auprès des ouvriers, lorsqu'ils allaient d'aventure dans le village ; mais ces sauvages de la Germanie ne savaient pas un mot de français, et personne à Arcueil ne connaissait l'infernal patois de Luther. Il fallut donc s'en tenir aux conjectures, et, par compensation, il est vrai de dire qu'on ne s'en fit pas faute. Maître Jean avait l'esprit bien biscornu, bien bizarre, mais jamais certainement son cerveau détraqué et sa tête en délire n'auraient pu suffire à enfanter tous les projets saugrenus qu'on lui prêta généreusement dans cette occasion.

À partir de cette époque, la séquestration de maître Jean d'Anspach fut plus rigoureuse encore et plus complète. La porte ne s'ouvrit plus désormais que de loin à loin devant son jeune neveu, qui prenait trop de plaisir à la comédie que lui donnait son bon oncle pour lui faire grâce de ses visites.

L'autre n'aurait certes pas adouci sa consigne en faveur de ce démon qu'il redoutait, s'il ne l'avait cru capable, au besoin, sons le prétexte de ne pouvoir résister à l'ardente affection qui l'entraînait, d'enfoncer le guichet et d'escalader les murs. Puis, comme ce jeune homme, après tout, lui rendait parfois le petit service de lui apporter de la ville les menus objets dont il avait besoin, et dont il oubliait rigoureusement de lui rendre la valeur, il prenait ce mal en patience, se contentant de le tenir continuellement sous son œil, de ne lui offrir aucune espèce de réfection, et de l'enfermer sous triple dé dans une grange, quand par hasard il demandait à prendre sa couchée au château.

La propriété de maître Jean d'Anspach contenait bien six arpents dos de murs, dont deux seulement étaient boisés. Pour cultiver et maintenir en bon état une pareille superficie, il aurait fallu beaucoup de bras, un jardinier en chef et plusieurs aides ; mais notre Bavarois avait une trop grande épouvante de tout ce qui appartenait à la race humaine pour souffrir sons aucun prétexte qu'un étranger mit le pied dans la maison, et vînt partager son toit inhospitalier. De même qu'il n'avait jamais voulu admettre ni compagnon ni apprenti à sa forge, de même il ne voulut jamais s'aider de personne dans son jardin ; si bien que parterre, potager, verger, pré et parc ne tardèrent pas à n'être plus qu'un fouillis impraticable, sauf quelques petits espaces où maître Jean semait un peu de grain et des légumes.

Cependant le mince produit de ce travail, et ce que la nature lai mettait spontanément sous la main, suffisait pour soutenir son existence, et surtout la plénitude de son coffre-fort. Depuis qu'il vivait là retiré, il n'avait pas changé pour sa subsistance un seul écu. L'été, c'étaient des racines qu'il extirpait du sol, les fruits des arbres, le lait de quelques chèvres qui vaguaient dans ses jachères ; l'hiver, c'étaient les légumes et les fruits de garde ; mais jamais une bouchée de pain n'approchait de ses lèvres. Il écrasait son blé entre deux cailloux, et l'espèce de farine qui en résultait lui servait à faire une manière de brouet qui n'eût certainement pas fait envie aux Lacédémoniens.

Il avait de même amené son costume à la plus complète réduction. Des lanières de cuir ou des sabots aux pieds, une couverture de laine qu'il avait percée dans le milieu d'un trou pour passer la tête, à la manière de certains

Indiens d'Amérique, et qu'il attachait autour de son corps au moyen d'un bout de corde, composaient à peu près tout son équipage. Et certes c'eût été un spectacle étrange et effroyable pour quelqu'un pris à l'improviste, que l'image de ce vieillard enguenillé, réduit à l'état de squelette, se traînant parmi les chaumes et les broussailles, ou accroupi et ramassé sur lui-même, suivant de place en place, durant les journées froides, les rayons obliques d'un soleil sans chaleur, comme une bête fauve que le froid a transie, comme un mendiant qui cherche à ranimer ses membres exténués et malades.

Usant du droit que lui donnait son saint caractère, le curé d'Arcueil, un bon et digne prêtre, était la seule personne qui échangeât avec notre solitaire, de loin à loin, quelques paroles, qui osât relancer le sanglier jusque dans son fort. Quand il passait, dans ses promenades, devant la porte, il frappait hardiment jusqu'à ce que l'autre fût venu, non pas ouvrir, mais placer à son petit judas son œil miroitant et vitreux. Et alors, tout en les cachant sous la forme aimable d'une plaisanterie, il lui envoyait, bien et dûment empaquetés, mais d'une façon vague et détournée, de bons avis, de petites admonitions qui pouvaient donner moult à penser à maître Jean d'Anspach, pour peu qu'il lui restât quelque lambeau de sa première âme.

Un jour, il lui disait : – La charité et la surveillance du pasteur doivent s'étendre sur tout le bercail. Sa dilection est à la brebis malade comme à la brebis égarée. Permettez-moi, monsieur, bien que j'aie le regret de vous savoir religionnaire, de m'informer avec empressement si vous êtes mort ou vif, et si rien ne manque, dans l'abstraction où vous vous maintenez, aux besoins de votre corps et de votre esprit ?

Là-dessus maître Jean congédiait sans l'entendre le bon ecclésiastique, et refermait brusquement son vasistas.

Une autre fois, M. le curé, après s'être fait ouvrir de même le petit judas, se contentait de jeter doucement cette parole : – Rare solus ; voulant faire allusion sans doute à certain aphorisme de saint Augustin. À quoi le vieux lynx répondait d'un air plein de malice, et par le même texte, voyant le bon prêtre suivi de sa servante : – Nunquam duo.

– Que votre moisson, dans les jours fructueux de l'été, ait été abondante ou médiocre, lui disait-il certain autre jour, votre moisson vient de Dieu. Faites dix parts ; prenez-en neuf pour vous, mais que celui qui vous a envoyé les neuf autres ait au moins la dixième pour lui.

– La dîme, monsieur le prêtre, répliquait le vieil orfèvre, est un odieux impôt levé sur celui qui travaille par celui qui n'ensemence point. C'est inutile, monsieur, je ne donnerai rien.

– La parole de Dieu, monsieur le religionnaire, est un grain non moins précieux, reprenait le noble pasteur, que le grain du froment ou du seigle, et celui qui le répand dans les sillons de l'esprit peut bien être compté aussi pour un laboureur. La dîme, d'ailleurs, monsieur, est le tribut le plus juste ; elle demande où il y a, et s'abstient où il manque.

Durant l'hiver, quelquefois le saint recteur lui disait aussi : – J'ai des pauvres qui souffrent et qui ont froid ; que pouvez-vous faire pour nous aider à les consoler et à les couvrir ?

Mais l'homme au cœur desséché par l'avarice répondait : – Ne voyez-vous pas que moi-même je suis pauvre, et que je vis ici à l'écart dans le plus profond dénuement ?

Il affichait toujours ainsi de mettre en avant sa hideuse parodie de la misère, afin de donner le change sur sa condition et d'entourer ses richesses de plus de sûreté.

IX.

Il y avait plusieurs années que maître Jean d'Anspach vivait ainsi de cette vie d'anachorète, quand tout à coup il disparut de sa retraite et du monde sans éclat, sans bruit, ténébreusement, vaguement, comme autrefois il était de bon goût qu'après leurs lois promulguées disparussent les grands législateurs.

Ce fut encore le bon et vigilant curé qui donna le premier l'éveil de cette absence.

Ayant cogné plusieurs fois au guichet du luthérien sans obtenir de réponse, le soupçon lui vint naturellement que le vieillard pouvait bien être mort ou agonisant dans quelque coin de sa demeure, et avoir grand besoin des secours de l'art, sinon de la sépulture.

Aussitôt, sur son avis, les portes avaient été enfoncées, et la foule, toujours avide d'émotion, s'était précipitée de tous côtés dans le repaire exécré et jusqu'alors impénétrable de l'avare.

L'un croyait ouïr pleurer au fond du puits le vieil hérétique, l'autre l'entendre jeter des plaintes dans les buissons ou dans les caves. Mais je vous laisse à penser quel dut être l'étonnement des hauts bonnets de l'endroit et de la multitude accourue pour assister à cette ouverture, quand, après une battue générale et la perquisition la plus exacte, on n'eut trouvé ni trace ni vestige de maître Jean, rien qui pût donner quelque indice sur son sort

Ce qui ne causa pas une moindre surprise, ce fut l'état d'abandon qui régnait au dedans comme au dehors de la maison. Partout la nudité la plus absolue ; ni meubles, ni objets de corps, ni ustensiles, ni instruments, rien qui rappelât qu'un être fait à l'image de Dieu et des hommes, appartenant à une race anciennement civilisée, avait passé là plusieurs années de sa vie.

Comme on ne lui savait ni rentes ni biens domaniaux, l'idée commune voulait que la richesse de maître Jean fût toute métallique. On s'était donc attendu en conséquence à marcher sur les joyaux et l'orfèvrerie, à trouver les planchers jonchés de bijoux de toutes sortes, à rencontrer des monceaux d'or dans chaque chambre, de toutes parts des coffres pleins d'argent monnayé jusqu'à la gorge. Mais, sauf quelques liards tournois tout moisis qui furent trouvés dans le fond d'une bougette, on ne découvrit pas un écu posthume chez notre richard, pas seulement de quoi faire un honnête paroli au pharaon ou à la bassette.

Alors on se rappela le séjour des ouvriers allemands au château, la quantité considérable de matériaux qu'on avait vu apporter à cette époque, et que ces étrangers avaient dû employer nécessairement à quelques constructions cachées, et l'on se mit à la recherche de cette construction.

Il y avait à l'entrée du parc une assez vaste caverne, naturelle ou de la main des hommes, je ne sais, dans le genre de celles qu'on se plaît quelquefois à faire bâtir dans les jardins somptueux. Ce fut là surtout que se dirigèrent les plus minutieuses perquisitions.

Persuadé que c'était par cette grotte qu'on devait pénétrer dans un appartement souterrain, on en fouilla le sol à plusieurs pieds, en tous sens ; on en sonda la voûte, on en dégrada les parois, on en déplaça plusieurs pierres énormes, mais sans être plus heureux dans ces nouvelles tentatives. Nul orifice ne s'entr'ouvrit, – nul quartier de rocher ne tourna subitement sur des gonds magiques, – nulle cavité ne résonna sous les pics des travailleurs.

Sur ces entrefaites, M. le prévôt du canton avait mis ses exempts en campagne, et fait demander à Paris le neveu de maître Jean d'Anspach, espérant obtenir par son intermédiaire quelques lumières sur la disparition de son oncle, ou du moins quelques indications. un peu plus certaines qui viendraient le diriger à coup sûr.

Or, à l'auberge de la Croix de Lorraine, où avait toujours logé ce jeune homme depuis qu'il résidait à Paris, on était dans la plus grande inquiétude à son égard ; on ne l'avait pas vu depuis environ trois semaines.

Ceci n'était guère fait pour éclairer la question.

Après un mandat d'amener lancé contre le jeune étranger, et quelques poursuites qui n'eurent également aman résultat, la justice remporta son flambeau, qu'elle se serait obstinée vainement à faire pénétrer dans ces ténèbres. – Force fut donc à chacun de s'en tenir là de même, c'est-à-dire de se résigner à ne rien savoir.

La coïncidence de la disparition du neveu et de l'onde, toutefois » ne vint pas tarir les déductions et les conjectures ; cela ne fit au contraire qu'ajouter un affluent de plus à la source des suppositions. D fut décidé généralement que le jeune homme s'était enfui en Allemagne, après avoir fait main-basse sur les richesses de son onde, que dans une de ses dernières visites il avait expédié et enterré sais doute dans quelque coin du jardin.

Quant à nous, bonnes gens que nous sommes, ne nous hâtons pas de rien supposer, et continuons.

À la suite de ces évènements, le château de maître Jean d'Anspach tomba en déshérence, et fut vendu au profit de l'état, au bout de la prescription voulue par la coutume.

Des mains du premier acquéreur, il passa successivement dans celles de plusieurs autres, pendant le cours du siècle dernier, et le vieux thésauriseur allemand et l'enfouissement de son magot ne tardèrent pas à être oubliés par les nouveaux propriétaires et seigneurs.

Mais sous le chaume on a meilleure mémoire, et les richesses hyperboliques et la vie extraordinaire de maître Jean l'avare avaient frappé trop vivement l'esprit des villageois d'Arcueil pour qu'elles n'y laissassent pas des traces plus profondes. Et par tradition, les manants du lieu et le peuple de Paris, chez qui cette histoire s'était répandue, continuèrent à désigner la caverne du parc comme devant receler un trésor immense, caché là autrefois par une espèce de juif d'Allemagne, orfèvre et usurier du roi, qui était si riche, si riche, disait-on, qu'il aurait pu combler un puits avec son or.

Puis dans ces dernières années, lorsque les opérations occultes, les chercheurs d'esprits et les chercheurs de richesses souterraines devinrent pour ainsi dire à la mode, ce fut sur le territoire d'Arcueil plus particulièrement que, poussés par la renommée publique, se dirigèrent tous les regards, toutes les espérances, toutes les explorations.

X.

Ce curieux récit étant achevé et ces explications étant données, M. de Brederode disait à ses compagnons :

– C'est là, messieurs, l'histoire de maître Jean d'Anspach et du trésor enfoui dans la caverne d'Arcueil, ainsi qu'elle m'a été contée par le bon prieur et par ses disciples, gens auxquels pour mon malheur, un bien fâcheux hasard voulut que je me commisse, et telle en outre que je me rappelle l'avoir lue il y a quelques années, quand j'étais encore en liberté, dans un cahier manuscrit rédigé, disait-on, par M. de l'Estoile lui-même, qui avait été trouvé avec d'autres papiers au château de Sully-sur-Loire. Je ne pense pas, ajoutait-il, en avoir oublié ou altéré aucune circonstance importante, ou cela me surprendrait fort, car ce que j'ai appris même à la passade se grave d'ordinaire parfaitement dans mon esprit.

Ici, l'auditoire de notre prisonnier, qui avait prêté une grande attention au récit que nous venons d'entendre, le remerciait avec grâce de sa bonne histoire de maître Jean d'Anspach, et le priait, si ce n'était pas trop exiger de sa complaisance, de vouloir bien continuer la narration de ses propres malheurs, qui, tout en éveillant l'intérêt du cœur, avait le don de charmer l'esprit.

Comment résister à tant de politesse, surtout quand on brûle de se rendre ? M. de Brederode, dans l'agréable embarras de l'orateur que la foule félicite, s'inclinait alors plein de contentement, puis il répondait avec vivacité : – Vous le désirez, je vais obéir ; je vais reprendre le fil de ce qui me touche d'une façon plus personnelle, ou du moins de ce qui regarde plus particulièrement la horde de nécromanciens que je suivais en amateur.

XI.

À l'époque fixée par le diable, ou plutôt par son compère le moine, pour la livraison définitive du trésor, c'est-à-dire à la lune nouvelle, comme nous l'avons déjà dit plus haut, tous nos illuminés, avec cette louable ponctualité qui caractérise les gens qui ont mis des fonds dans une affaire et qui ont un grand désir de ne pas voir leur montagne accoucher d'une souris, se trouvèrent fidèlement au rendez-vous.

Le programme, cette fois, avait été totalement changé. Ce n'était plus au cabaret de la Grève qu'avait dû s'effectuer notre rassemblement, mais à minuit, hors des murs de la ville, à la porte Gibard ou d'Enfer, dans l'enclos abandonné d'une ancienne tuilerie, et à jeun.

À jeun ! oui, à jeun ! notre révérend mystagogue l'avait voulu ainsi, attribuant à notre turbulence et à notre état d'ébriété le peu de succès de nos précédentes tentatives. Quant à moi, en ma qualité d'incrédule et de simple frère visiteur, trouvant que c'était bien assez de suivre le Décalogue de l'église et de faire vigile pour la saint André ou la saint Jean, je m'étais lesté l'estomac en tapinois d'un flacon de Bourgogne, d'un bon plat de fèves, et d'un quartier d'agneau.

Après beaucoup de discours préparatoires, d'exhortations et de remontrances répandus chemin faisant par notre vénérable prieur, qui semblait renouveler le miracle de la multiplication, non pas des pains, mais des paroles, nous arrivâmes à notre mont Circéen. Tout, aux alentours, était calme et paisible. Nous n'entendîmes ni les aboiements horribles des compagnons d'Ulysse changés en loups et secouant leurs chaînes dans les lucus sacrés, ni bruissement, ni épouvante. La nature entière paraissait prêter à notre marche insinuante et flexueuse l'attention d'un entomologiste qui surveille les pérégrinations de quelques insectes.

Le ciel, d'un bleu lazulique, tout moucheté et tacheté d'étoiles du zénith à l'horizon, avec l'écharpe blanche de la voie lactée suspendue à sa voûte, formait frises et toile de fond de la plus grande splendeur. De grandes masses d'arbres irrégulières et sombres, dans lesquelles quelquefois nous pénétrions, simulaient des coulisses naturelles bien profilées ; le rossignol chantait à la cantonade. Jamais, certes, action humaine, tragique ou sainte, n'avait eu un théâtre plus magnifique, un lieu de scène plus grandiose. Mais Dieu a dit au serpent : tu ramperas sur la terre ; à l'homme : tu travailleras ; au ridicule : tu te mêleras au sublime ; – c'est la loi.

Qu'étions-nous en effet ?... Quelques désœuvrés et quelques dupes allant grotesquement demander au sein de la terre le paiement d'une somme qu'elle ne nous devait pas ; au sein de la terre, à cet asile éternel et négatif, abîme de discrétion et de silence, la trahison d'un secret ! Autant eût valu demander à maître Jean d'Anspach de délier le cordon de sa bourse.

À deux heures du matin, nous étions enfin rangés devant l'entrée de la caverne, tous dans le recueillement, tous un genou en terre, tandis que notre prieur, prosterné, répétait ces trois paroles, auxquelles il attachait sans doute un sens sacramentel : Rorate cœli desuper.

Suzanne, debout au milieu du groupe, dans une sorte d'état extatique, semblait la veuve de Béthulie chantant le cantique d'action de grâces sur la montagne.

Elle était vraiment belle, cette jeune devineresse, avec sa stature ample et pittoresque, ses traits droits et fermes, ses yeux lumineux, son teint pâle, sa forêt de cheveux noirs roulés en turban avec grâce et négligence autour de la tête et garnis, en guise d'ornements, de sequins d'or attachés parmi les tresses.

Tous les ajustements, toutes les toilettes lui seyaient à ravir, à cette fille d'Eve, cela est vrai ! Elle était charmante, comme nous avons pu le remarquer, dans toutes les phases du costume ; cependant, je ne pouvais m'empêcher de proclamer dans mon cœur que cette nuit Suzanne se surpassait elle-même. On eût dit une de ces grandes créatures des anciennes races du monde, une courtisane de Babylone ou de Tyr, une prophétesse d'Hermopolis ou de Jephé.

Un beau justaucorps ou vertugadin de soie à larges raies, couleur d'orange et d'améthyste, faisant un jeu de lignes et se rencontrant sur les coutures en pointe de flèche, prenait étroitement le galbe de sa taille comme un damas tendu sur le fût délicat d'une colonne. De ce corsage collant et serré, tout garni de ganses d'or, s'échappait à grandes nappes, ainsi que les lames d'eau d'une fontaine, une jupe de moire qui ondulait aux reflets de la lune et descendait baigner et voiler mystérieusement ses pieds si mignons, chaussés d'une pantoufle orientale.

Tout au bas de son beau col, qui se balançait comme un rameau gracieux, s'enroulaient plusieurs tours d'un collier de grosses perles ; ces perles brillantes paraissaient s'incruster dans le porphyre de ses épaules comme l'anneau de riches fusarolles qui resserre dans son cercle élégant la campane et les feuilles d'acanthe d'un chapiteau corinthien.

Dans ses mains, petites comme la fleur du lys, blanches comme le calice de l'azalea, elle tenait une baguette divinatoire qu'elle courbait négligemment en arc de chasse. Ô Suzanne, jamais Amazone, jamais Pantasilée elle-même fit-elle fléchir plus élégamment sa cravache sur le flanc de son coursier ? Jamais reine, noire ou blanche, d'Éthiopie ou de Thulé, s'appuya-t-elle avec plus de séduction sur son sceptre ?

Que dis-je ? sceptres ou royaumes des rois, vous n'êtes que vanité et misère. Il n'y a qu'un seul sceptre et qu'une seule loi, et c'est le sceptre et la loi de la beauté !

Voilà l'oraison à Mme de Cythère, que je formulais avec enthousiasme pendant que notre gros prieur, avec sa manière gauche et pesante, continuait d'adresser ses patenôtres latines à je ne sais quel génie du paradis ou de l'enfer, et que ses adeptes, aux pieds de Suzanne, se morfondaient dans la plus humble componction.

J'ignore ce qui m'avait monté ainsi, mais j'étais, en ce moment, d'une exaltation peu commune. J'aurais volontiers mis en charade en action, l'apologue des trois larrons et l'âne, renouvelé le rapt d'Hélène, et laissé là, plus ou moins déconfite, toute cette bande de pauvres d'esprit et de florins.

Dans cette belle effervescence, l'œil fixé sur les lèvres couleur de rose de Suzanne, j'étais là, me disant, car rien ne transmue plus vite notre métal que la flamme de l'admiration, car rien ne tourne plus rapidement à la houlette et à la bergerie : – Que ne suis-je la guêpe agile au corselet mobile et zébré, j'irais suspendre mon alvéolée cette bouche de corail ! Que ne suis-je le petit roitelet joyeux qui recherche la demeure de l'homme, j'irais bâtir mon nid d'herbe odorante parmi les nattes épaisses de ses longs cheveux ! – Mais tout à coup je remarquai un mouvement de surprise chez tous nos compagnons d'aventure, et je crus entendre M. le prieur s'écrier avec effroi : – Nous sommes cernés !

Je me retournai et je vis, en effet, que nous étions enveloppés de tous côtés, non pas cette fois dans un cercle magique, mais dans un bon cordon de fantassins, mousquet sur l'épaule et sabre tiré.

Cela, je l'avoue, coupa un peu court à mes élans poétiques, et je me mis à jurer comme un soldat aux gardes suisses, sans ménager plus habilement la transition.

La chose cependant avait été bien faite. Il faut savoir, partout où il se trouve, s'empresser de reconnaître le vrai mérite ; et jamais certainement M. l'abbé de Pure n'avait eu le plaisir de voir un coup de théâtre exécuté plus subtilement dans la fameuse salle des machines.

– Bravo, dis-je au prieur, voilà une bonne camisade ! Qu'en pensez-vous, mon père ? Quant à moi, je trouve le coup délicieusement joué !

Le pauvre homme était dans une transe affreuse. Le visage altéré, tremblant comme une feuille, il me répondit tristement, voulant faire sans doute allusion à la trahison de l'apôtre Judas :

– Quelqu'un de nous, monsieur, achètera le champ du potier

Sur ces entrefaites, la haie de gens armés qui nous entourait s'ouvrit et se sépara respectueusement pour laisser passer quelques estafiers d'assez mauvaise mine, sauf le personnage qui marchait en tête, vêtu d'une riche casaque et orné d'une épée de parade. Celui-ci avait vraiment l'air d'un fort galant cavalier.

– Au nom du roi, messieurs, nous dit-il ôtant son grand chapeau garni de plumes, je vous arrête.

C'était le lieutenant-général de police, M. le comte Voyer d'Argenson ; plusieurs d'entre nous le reconnurent aussitôt, mais nous n'en restâmes que plus consternés et plus muets. Il poursuivit :

– Comment, messieurs, malgré tout le déplaisir que le roi a manifesté ressentir de toutes pratiques et opérations occultes et démoniaques ; nonobstant ses inhibitions, jussions et défenses, et l'ordre donné itérativement à tous ses parlements et à la chambre de justice de l'Arsenal de rechercher et punir avec rigueur tous les fauteurs de prétendue magie, vous venez, et à plusieurs reprises, vous livrer ici imprudemment aux actes les plus inflictifs et les plus coupables ?... Cela n'est pas bien !

Puis, s'adressant à chacun de nous, il nous interpella tour à tour, avec assurance, usant de tous nos noms et titres, comme si nous avions été pour lui de vieilles connaissances. Ces gens de police sont merveilleux pour cela. Ame qui vive n'échappe à leurs espies. Tout est couché, je crois, sur leurs registres comme sur le livre du destin. – Se tournant d'abord vers notre moine, qui avait bien la contenance la plus craintive et l'expression de visage la plus étonnée :

– Vous surtout, monsieur le prieur de Bacheville, vous me permettrez, dit-il avec douceur et politesse, de vous exprimer personnellement tout mon chagrin. Il me fâche qu'au mépris de votre saint caractère, vous, homme de religion et d'église, qui devez à tous la vraie lumière et l'exemple, vous vous laissiez aller à mettre ainsi tout le premier la pierre d'achoppement devant les pas de l'aveugle. Tant pis, le roi s'est fort emporté contre vous !

Passant ensuite au père Le Bègue, organiste du roi et de la paroisse royale de Saint-Roch, il reprit :

– Vous conviendrez au moins, vous, monsieur Le Bègue, dont j'honore d'ailleurs le bon esprit et le talent, que le roi est souvent fort mal obéi par ses officiers, par ceux-là mêmes qu'il a comblés le plus de ses grâces. Croyez-moi, vous avez un art entre les mains qui vaut mieux que toute la science philosophale.

Vint ensuite le tour du vieux chevalier de Bois-du-Val, d'un nommé

Hans Wilhem Boscus, canonnier de l'évêque de Munster, d'un luthier de Paris, d'un riche apothicaire du Hurepoix, d'un comédien de la troupe du sieur Molière et de quelques autres encore, qui reçurent, chacun pour sa part, un petit coup de férule fort bien appliqué sur les ongles. M. le lieutenant-général possédait si bien le signalement de tous nos compagnons, qu'il allait de l'un à l'autre dans les groupes, désignant le prévenu dune façon formelle et directe.

Cependant j'espérais échapper, par un privilège particulier, à cette revue assez incommode, et je me blottissais de mon mieux pour cela derrière les épaules de notre immense canonnier du Palatinat, quand M. d'Argenson, s'approchant de moi et me saluant d'un air plus sévère que flatteur, dont je l'aurais bien dispensé, me dit à haute voix :

– J'aurais été surpris, monsieur de Brederode, si les Pays-Bas n'avaient pas été représentés dans cette affaire, eux qui ne manquent jamais de fournir leur contingent dans tout ce qui peut être désagréable au roi.

– Je ne suis ici, monseigneur, ni le représentant de ma nation, ni le représentant de mes goûts personnels, lui répondis-je vivement. Ne voyez en moi qu'un simple bayeur aux corneilles, un homme de la suite, un amateur.

Mais il ne m'entendit pas, sans doute. Il venait d'être frappé, ébloui, par l'apparition de Suzanne, qui sortait de la caverne, où, à l'arrivée de la force armée, elle s'était retirée précipitamment.

Par le ciel, il y avait bien de quoi faire tourner la cervelle à tous les magistrats de France !... Le trouble de la pauvre enfant, le désordre répandu dans sa personne, ne faisaient qu'ajouter plus encore au prestige naturel de ses charmes. C'étaient décidément l'air inspiré et l'allure majestueuse d'une sibylle.

Ma foi de gentilhomme, si Virgile lui-même ne l'eût prise pour Didon, et M. l'abbé de Fénelon pour Calypso !

Il vous eût fallu voir M. le lieutenant général, avec une flèche en sautoir dans le cœur, s'incliner et se reculer aussitôt pour faire la fameuse révérence en trois temps du bourgeois gentilhomme, tout en s'efforçant, comme un vieux chat, de cacher ses griffes dans le velours.

Il lui dit :

– On m'avait parlé de vous dans les termes les plus flatteurs, mademoiselle de la Filandière (il paraîtrait que Suzanne s'appelait ainsi ; je vous l'ai déjà fait remarquer, ces gens de police savent tout) ; mais la vérité surpasse toute prévision. Vous êtes de Bordeaux, n'est-ce pas, ou du moins des Landes près de Bordeaux ? Les femmes de chez vous sont bien belles !… Je regrette qu'avec tant d'éminentes qualités pour éveiller en votre faveur un honorable intérêt, vous vous adonniez à des menées fâcheuses, à des entreprises de charlatanerie. Mais vous êtes jeune, et l'on en a sauvé qui avaient vieilli plus que vous dans l'abîme.

– Je ne sache pas, monsieur, répondit Suzanne, qu'il puisse y avoir si grand mal à réclamer à la terre des biens qui lui ont été confiés par la peur ou par la folie, et qui pourraient être pour les vivants d'un véritable profit – Puis elle ajouta avec un demi-sourire : – Si le roi trouve cela condamnable, c'est que madame de Maintenon l'ennuie, et qu'il a l'esprit mal fait.

M. d'Argenson parut d'abord assez émerveillé de cette théorie un peu sauvage. Il reçut cependant la boutade avec courtoisie, se contentant d'appliquer deux doigts fort doucement sur les lèvres ravissantes de la belle nécromancienne, pour lui faire sentir qu'il était bien, même quand on était jolie fille, de parler du roi avec un peu plus de respect.

Il paraîtrait que les précédentes visites que nous étions venus faire à

Arcueil, et que nous tenions pour très ignorées, étaient parfaitement connues, comme tout ce qu'on tient pour très secret. Le bruit s'en était répandu dans la ville. La gazette de la semaine en avait parlé. Le rédacteur s'y exprimait même d'une façon assez défavorable pour notre prieur. Il donnait à entendre, ce que certainement je ne consentirai jamais à croire, que celui-ci tirait de l'argent des personnes riches et crédules, sous prétexte de les faire subvenir aux frais matériels de ses opérations et de les associer à de futures bénéfices. Si cela était, je n'eus pas l'occasion de le vérifier par moi-même. Le bon homme me connaissait pour un panier percé ; d'ailleurs j'étais un néophyte d'une foi trop tardive et trop chancelante. J'ai toujours fait peu de cas de ce propos. Je sais que les gazettes ne vivent que de perfidie et de sarcasmes. Elles trouveraient du venin dans le bec rose d'une colombe.

Le roi avait lu l'article. Toute la cour en avait causé un soir qu'il y avait appartement, M. de Beauvilliers surtout, M. de Cavoye et M. du Maine, et là-dessus, un ordre bien exprès avait été intimé à M. le lieutenant-général pour qu'il eût à faire cesser le scandale sur-le-champ. – Il n'y avait donc ni apôtre infidèle, ni traître, ni faux frères, comme notre prieur se montrait disposé à le croire. Nous sommes ainsi faits, nous aimons mieux nous en prendre à la méchanceté accréditée des hommes qu'au cours naturel des événements.

XII.

Pendant que, tout rempli de son admiration pour Suzanne, M. le comte d'Argenson s'était livré à de brillantes attitudes, il avait fait à la dérobée un geste d'intelligence aux hommes à mine ténébreuse qui l'entouraient ; et ceux-ci, poussant aussitôt le ressort de petites lanternes sourdes qu'ils tenaient cachées sous leurs manteaux, et qui tout d'un coup répandirent autour d'eux une vive lumière, étaient entrés cauteleusement dans la caverne. C'est à quoi le signe de M. le lieutenant avait paru les inviter.

Après y avoir fait une quête brillante, en vrais limiers de police, ils ne tardèrent pas à en ressortir d'un air de triomphe, apportant une foule d'objets qu'ils déposèrent aux pieds de M. le lieutenant : des instruments d'optique et de fantasmagorie, des baguettes de coudrier, des torches, des parchemins, des porte voix. Au milieu d'eux était un homme qui se débattait comme un démon, et dont le costume rappelait celui qu'on donne au diable à la comédie. Son visage était couvert d'un masque noirci, et sur son front étaient plantées deux cornes postiches.

A cette vue, mes compagnons prirent l'épouvante ; pour moi, je fus ravi de voir le diable entre deux alguazils, et je me réjouissais fort que celui qui se plaît si souvent à nous faire de mauvais partis fût dans de mauvaises affaires au moins une fois dans sa vie.

Mais M. le lieutenant-général, qui était un esprit fort, croyant peu sans doute à la réalité des génies subalternes, ne me laissa pas longtemps à cette douce satisfaction ;, il s'approcha gaiement du fantôme, et d'une main hardie et profane il lui arracha ses cornes et son masque.

Quel fut notre étonnement quand, dépouillé de ses insignes, nous reconnûmes que ce prince des ténèbres était tout bonnement François, le domestique de notre révérend prieur !

J'avoue que cette mascarade et tous les instruments d'optique et de catoptrique, lanternes, miroirs, télescopes, fantasmacopes, et une foule d'autres objets d'un usage plus ou moins inconnu, firent coïncider un instant mon sentiment avec celui du journaliste dont nous parlions tout à l'heure, et qui donnait insidieusement à entendre dans sa gazette que le bon moine, notre initiateur, usait de supercherie avec ses adeptes. Mais je chassai bien vite cette vilaine pensée ; je rougis d'avoir pu ternir en moi-même d'un soupçon si injuste la pureté d'intention d'un homme si honnête. Que voulez-vous ? notre âme ne peut être responsable des mauvaises cogitations qui la surprennent et la traversent. Elle n'a pas plus que le lis la faculté de refermer son calice, si blanc qu'il puisse être et si pur, à l'approche des frelons ou des guêpes, et les frelons de notre âme, ce sont les mauvaises pensées.

Tout à coup des cris perçants se firent entendre du côté du parc. Il ne manquait plus que cela pour nous faire tomber en syncope. Nous sautions d'évanouissement en évanouissement, de surprise en surprise. C'était vraiment à devenir fou, à perdre la tête, dans ce conflit de catastrophes. Cependant M. d'Argenson, qui était un vieux pilote à cheval sur les quatre vents, ne se troubla pas pour si peu.

Avec son calme et son flegme ordinaire, comme s'il eût eu les oreilles bouchées, il ordonna à ses archers de rassembler les pièces de conviction et de nous conduire en lieu de sûreté dans un appartement du château, où nous demeurerions sous bonne garde. Ensuite il recommanda tout spécialement de mettre dans un salon convenable et à part Mlle Suzanne, et d'avoir pour elle les plus grands égards. Décidément, la lyre d'Orphée avait remué la pierre qui doit tenir lieu de cœur chez un magistrat.

Cette attention délicate ne suffit point au besoin d'être amoureux et tendre qu'éprouvait M. le lieutenant-général.

– Tout à l'heure, je serai près de vous, mademoiselle ; allez sans crainte, lui dit-il en lui touchant affectueusement la main.

XIII.

Tandis qu'on nous expédiait, deux à deux, vers notre prison provisoire, M. d'Argenson et quelques-uns de ses commis intimes se dirigèrent du côté où le bruit se faisait dans le parc, guidés qu'ils étaient par les cris, qui retentissaient toujours aussi aigus.

Ils s'enfoncèrent dans une espèce d'allée inextricable barrée par des tiges et des branches, et pénétrèrent, à travers les rameaux entrelacés et les souches tortueuses et bifurquées, dans un massif d'arbres et d'arbrisseaux serré et compacte comme le tissu d'une charmille. Au milieu de ce fourré il y avait une petite place occupée seulement par de hautes herbes touffues et quelques plantes grimpantes, des houblons et des lierres. Sous ces herbes, ils aperçurent un peu de terre fraîchement remuée et un trou qui semblait nouvellement formé par un éboulement. C'était du fond de ce trou que s'échappaient, comme s'élancent du sein du Vésuve le soufre et la lave en feu, les clameurs qui remplissaient de leur tumulte le calme profond de la nuit et des bois.

– Sang-Dieu ! dit M. d'Argenson, il y a quelqu'un par ici qui, mille bombes ! n'a pas fait vœu de silence chez M. l'abbé de Rancé !

– C'est vrai, monsieur le comte, et qui non plus n'a pas trouvé la paix dans le sein de la terre, cet asile du repos, ajouta un des serviteurs de M. le lieutenant-général, tout en se penchant sur le précipice et plongeant sa lanterne sourde dans l'ouverture.

À la clarté que répandait la lanterne, il fut aisé de distinguer sous la terre éboulée des degrés de pierre formant une descente assez semblable aux escaliers qui donnent accès aux caves dans nos maisons.

– Que ce soit l'échelle qui mène au moulin du diable, où tout autre traquenard menant dans tout autre mauvais lieu, bah ! je me risque, dit le même homme de police.

Et il se mit de son mieux à glisser dans le cratère et à descendre courageusement dans le ravin.

– Allez, allez, je vous suis, reprit M. d'Argenson ; mais prenons garde de renouveler l'histoire un peu surannée d'Empédocle.

Après avoir dévalé en tâtonnant et avec beaucoup de précaution une vingtaine de marches encombrées par la terre éboulée, ils se trouvèrent enfin sur un palier ou plutôt sur le sol d'une petite chambre souterraine, au milieu de laquelle était un objet énorme et noirâtre, qui, criant et gémissant, agitait de tous côtés ses membres et faisait d'inutiles efforts pour se relever, comme un hanneton qu'un écolier a mis sur le dos.

Nos hardis aventuriers s'approchèrent de cette masse informe et sinistre avec un redoublement de prudence, comme autrefois les Troyens s'approchèrent du fameux cheval. Ils explorèrent d'abord les parties les plus extrêmes et découvrirent, premièrement, une main et un soulier, puis un genou et un coude, puis l'autre jambe et l'autre bras, venant tous quatre se souder à un gigantesque abdomen, lequel se terminait par une large face humaine que défigurait une affreuse expression : c'était la large face de notre révérend prieur.

M. le comte d'Argenson le reconnut aussitôt, mais plutôt à sa corpulence qu'à ses traits.

– Que diable faites-vous ici, monsieur de Bacheville, et dans une pareille posture ? dit-il amicalement.

– Hélas ! monsieur le lieutenant, j'ai failli me rompre les os et perdre la vie ! l'ignore où je suis ; tout ce que je sais, c'est que terre a craqué sous moi, et que j'ai roulé longtemps comme un esteuf dans un jeu de paume.

– Plus de peur que de mal. Cela ne sera rien, mon révérend. Allons, mes amis, remettez monsieur sur ses pieds.

– Aisé à dire, coûteux à faire, repartit, se mordant les lèvres pour ne pas rire, l'agent qui le premier avait mis le pied dans l'abîme.

Et alors quatre des plus robustes exempts se saisirent de notre saint homme, et, le hissant comme un cric fait d'un fardeau, ils le mirent sur ses pieds tant bien que mal.

Cette entreprise accomplie, ces bonnes gens auraient pu dire, à l'instar d'Horace : Exegimus monumentum ; mais ils se contentèrent, sur l'injonction de M. le lieutenant, d'entraîner le pauvre moine hors de ce fâcheux réceptacle et de le conduire au château auprès de ses disciples, c'est-à-dire auprès de nous, dans l'appartement où nous étions enfermés.

Revenus de notre premier effroi, nous n'avions pas tardé à nous apercevoir dans notre prison que le prieur nous manquait. Dans le parc de guerre où l'ennemi les a conduits, après la déroute, le premier soin des vaincus est de se reconnaître et de se compter. Quand le loup rôde, le pâtre aussi compte ses brebis ; mais ici les brebis en étaient réduites à se compter elles-mêmes, le chef du troupeau étant perdu. Le bon moine était l'âme de l'entreprise et l'âme de la plupart de ceux qui en suivaient l'exécution. Aussi la remarque de cette absence vint-elle ajouter de nouvelles alarmes et jeter un grand découragement dans la compagnie.

Comment se faisait-il qu'il ne fût point parmi nous ? En sa qualité de coryphée, avait-il supporté tout le poids de la colère de M. le lieutenant ? Par respect pour son caractère et ses dignités, l'avait-on mis soigneusement à part, comme on avait fait de Suzanne par égard pour son sexe et pour sa beauté ? Chacun selon sa fantaisie une explication plus ou moins étrange, plus ou moins admissible, de cette disparition. Ceux qu'une foi sincère attachait au prieur, et qui brûlaient pour lui et pour la science occulte d'un zèle outré, ne voulaient voir dans ce fait que le résultat d'une faculté commune à tous les adeptes, celle de s'évaporer dans les ténèbres. D'impossibilité en impossibilité, ces fervents disciples en étaient arrivés aux choses plus merveilleuses en l'honneur de leur maître. Déjà quelques-uns parlaient vaguement d'apothéose, de transfiguration. Ils l'avaient vu tout à coup, au milieu du trouble général, du moins il leur avait semblé le voir, s'ils n'avaient point été le jouet d'une illusion, quitter légèrement la terre, s'effacer, s'amoindrir, devenir pure essence et gagner rapidement les régions du ciel.

Les choses étaient parvenues à ce degré d'exaltation, et il demeurait à peu près convenu que notre révérend prieur, réduit à l'état d'un être complètement métaphysique, se promenait dans les étoiles pour échapper aux poursuites de M. le lieutenant de police, quand bien malencontreusement cette admirable métamorphose, qui rappelait si ingénieusement la transformation de Daphné, la transsubstantiation de la perruque de Chapelain, reçut un bien furieux démenti.

La porte de l'appartement où l'on nous tenait en geôle s'était subitement ouverte, et la masse pesante de M. de Bacheville, plus terrestre et plus matérielle que jamais, avait été poussée au milieu de nous par les quatre hommes de police qui venaient d'opérer l'extraction du pauvre astrologue.

À cette réapparition si parfaitement improvisée, l'étonnement, comme on le pense bien, fut assez général ; mais le prestige qui l'accompagna, je dois l'avouer, fut d'un effet assez médiocre. Au désordre de sa mine et de sa parole, l'infortuné prieur joignait le désordre de ses habits ; et nos illuminés en eurent fort à rabattre, quand le bonhomme, pressé par leurs questions, en vint à leur raconter comment, en s'esquivant de la foule et cherchant une retraite dans le parc, il était tombé prosaïquement dans un trou.

Mais tandis que le bon M. de Bacheville nous régalait ainsi fort en détail de toutes les menues circonstances de son accident (ce qui vint très à propos me récréer, car je commençais à m'enfoncer dans une grande mélancolie et à regretter vivement dans mon cœur de m'être mêlé aux sottises de ces petites gens), M. le lieutenant-général de police poursuivait de son côté ses investigations dans le caveau du parc.

Laissons donc notre brave moine conter, reconter et raconter encore par le menu l'histoire et les épisodes peu nombreux et peu variés de sa chute, que nous pouvons nous flatter de connaître déjà très suffisamment.

XIV.

Lorsque M. le comte d'Argenson se fut, ainsi que nous l'avons vu, débarrassé du prieur, maître paisible de la place, il se prit à considérer attentivement le lieu où il se trouvait. C'était une espèce de petite chambre ayant deux toises au plus en tous sens, bâtie tout en pierres fort propres et fort bien assemblées. De très grandes et très belles dalles de liais ajustées avec symétrie recouvraient le sol. Une frise basse régnait tout autour des murailles, et la voûte en berceau surbaissé, appareillée à l'allemande par une main très habile, posait sur une architrave d'un dessin très simple, mais de bon goût.

M. d'Argenson commençait a se demander d'où pouvait provenir cette construction souterraine, à quel usage elle avait pu être destinée ? Et comme il était, à ce qu'il paraît, de l'école historique qui voulait, je ne sais sous quel vain prétexte, que la bonne Isis autrefois eût quitté son beau pays d'Orient pour venir se faire adorer dans la banlieue de Lutèce, il cherchait déjà à reconnaître dans cette maçonnerie toute fraîche et toute moderne si ce n'était pas quelque antique substruction, quelques restes d'un temple jadis élevé sur cet emplacement, en l'honneur de la susdite déesse, quand tout à coup il aperçut au niveau du sol, tout à fleur des dalles, dans un angle du caveau, du côté opposé aux degrés que notre cher prieur avait descendus d'une façon si périlleuse, une ouverture ou orifice à peu près semblable a l'embouchure d'un puits, et de même dia-mètre.

Sa surprise fut grande, sa surprise archéologique, veux-je dire, et passant à de nouvelles inductions, il se mit à examiner ce que pouvait être cette solution de continuité dans le sol, et quels pouvaient en être le but et le sens.

Il vit alors au-dessous de lui, dans la profondeur de cette espèce de cylindre, une suite de degrés de pierre se superposant, s'attachant à un limon commun, et formant ce qu'on appelle vulgairement un escalier en spirale, une vis d'Archimède, comme il s'en trouve encore dans de vieux édifices gothiques, dans l'intérieur des clochers et des tours.

Le serviteur de M. le lieutenant-général qui tout d'abord, lanterne en main, s'était risqué à pénétrer dans ce repaire par le chemin peu sûr que venait de frayer si pittoresquement M. de Bacheville, ce serviteur, dis-je, fut encore le premier qui osa s'aventurer dans ce nouveau défilé, si étroit qu'un homme y pouvait passer à peine.

M. d'Argenson n'était pas non plus fort craintif de son naturel, et d'un pied résolu il se prit à descendre aussitôt marche à marche sur les talons de son valet. Rien n'est plus contagieux que la peur ou le courage.

Après plusieurs évolutions que faisait l'escalier autour de son noyau de pierre, ils se trouvèrent au bas des degrés, dans un caveau à peu près semblable à celui qu'il venait d'explorer au-dessus. Seulement les parois en étaient polies comme le marbre, et les assises taillées en biseau à la manière florentine, et rangées avec l'art particulier qui se remarque aux façades des palais toscans.

À la voûte en arête d'une coupe légère, et ornée de nervures sur ses bords, était suspendu un vieux candélabre. Les pierres de la surface portaient encore les traces de la fumée qu'avait dû jeter une flamme vacillante, éteinte déjà depuis plus d'un siècle, après avoir éclairé trop longtemps à regret de sa lueur confidente les accès de la plus immonde passion humaine, de l'amour de l'or ; après avoir assisté, agonisante elle-même, à une scène d'horreur et de désespoir.

M. d'Argenson donna une faible attention à toutes ces choses. Un passage étroit, ouvert devant lui, dans l'épaisseur de l'un des murs du caveau, et fermé par une grille de fer, avait attiré tous ses regards.

Au-delà de cette deuxième salle, il y avait donc encore quelque chambre dans laquelle devaient conduire ce passage et cette porte. Et là-dedans et au-delà, qu'y avait-il ? Une succession infinie de repaires se pénétrant l'un l'autre et s'étendant au loin dans les ténèbres, comme ces galeries naturelles où souvent le visiteur égaré trouve une fin solitaire et horrible, allait-elle se dérober et s'enfuir devant leurs pas jusque dans les abîmes de la terre ?

Il frémit, il hésita.

Enfin, surmontant ce premier mouvement de terreur indépendant de lui-même, il s'approcha, avec la bravoure apparente qui convient à un magistrat, du côté où l'issue mystérieuse était pratiquée dans le flanc de la muraille. Cette baie de pierre ressemblait assez au soupirail d'un immense fourneau.

M. le lieutenant marcha jusqu'au fond de l'embrasure, si étranglée qu'il pouvait à peine s'y maintenir, et lorsqu'il fut nez à nez avec la grille de fer qui fermait l'ouverture, il essaya de la pousser devant lui. Mais l'obstacle ne céda pas.

Derrière la grille, l'obscurité était si profonde, que l'œil n'y pouvait reconnaître ni dimensions ni formes. M. d'Argenson y fit pénétrer à travers deux barreaux la lanterne sourde qui le guidait, et promenant çà et là cette lumière pèle et glissante, il parvint à distinguer peu à peu, dans une espèce de cellule toute bâtie en pierre comme les caveaux précédents, divers coffres ou meubles long des murailles.

Sur les dalles et non loin de la grille, deux masses assez informes et noirâtres gisaient à peu de distance l'une de l'autre – On eût dit deux cadavres étendus sur le carreau.

Attachant longtemps, fixement son regard sur ces apparences bizarres, dont les contours indécis s'effaçaient dans une ombre opaque, pour tâcher d'y démêler quelque silhouette moins incertaine, quelque indication plus précise qui pût l'aider à débrouiller le vague l'ambiguïté de ces étranges objets, M. le comte d'Argenson finit par reconnaître, d'une façon qui ne permettait plus le doute, que c'étaient bien là deux figures dans l'immobilité de la mort, deux corps humains jetés là sur le sol, comme des squelettes arrachés à leurs cercueils et foulés aux pieds un jour de colère et de profanation.

En même temps que cette certitude se fit jour d'une façon prompte et rapide dans son esprit, l'effroi se glissa dans son âme ; le froid de la peur courut dans ses chairs et glaça le sang dans ses veines. Sa lampe sourde lui échappa des mains, tomba sur les dalles et s'éteignit ; et il se retira en marchant à reculons, avec une expression étrange, jusqu'au milieu de ses hommes, qui étaient restés derrière lui dans le caveau, comme si les deux cadavres s'étaient dressés soudain sur leurs ossements et lui avaient parlé d'une voix sinistre.

Mais le bel usage et les mœurs élégantes ne souffrent pas les manifestations naturelles, la naïveté dans les sensations. M. le lieutenant-général réprima aussitôt le trouble involontaire qui s'était emparé de sa personne, trouble indigne d'un homme de bon goût, et reprenant son air habituel : – Je ne sais, dit-il, si j'ai été la dupe de quelque vision, mais il m'a semblé voir là-dedans deux espèces de fantômes ; oui, deux fantômes, deux spectres, étalés dans le fond de cette cage, comme deux tourtereaux couchés sur le sable d'une volière. – Tenez, voyez vous-mêmes, messieurs ; prenez un flambeau !

La grille était fermée par une serrure d'un mécanisme fort compliqué et fort étrange. Ce fut en vain qu'on chercha à en comprendre le secret et la combinaison. Impossible de mettre le doigt sur le ressort mystérieux qui devait faire tourner la porte sur ses gonds : il fallut briser la gâche et le pêne à coups de hache.

L'œil exercé et pénétrant de M. d'Argenson ne s'était point mépris dans l'ombre ; il avait parfaitement distingué tout ce que contenait la cellule. Il y avait en effet, comme il avait cru le voir, plusieurs coffres et plusieurs barils rangés à la suite l'un de l'autre le long des murs, et plus au milieu de la pièce deux espèces de spectres étendus sur les dalles.

L'un des deux corps, enveloppé dans un grand manteau de laine ramassé autour des flancs par une corde, semblait avoir été surpris par la mort dans une misère profonde. Point de linge sur la peau, et pour chaussures des lopins de cuir déchirés et troués, maintenus par des débris d'étoffe et des ficelles : contrefaçon hideuse des sandales d'un pauvre frère mendiant.

Une forêt de longs cheveux blancs en désordre, et une grande barbe blanche qui des yeux lui descendait jusque sur la poitrine, laissaient à peine à découvert quelques places d'un visage d'une maigreur extrême. Le front était plissé, des rides tortueuses rayaient dans tous les sens ses joues creuses et livides ; l'œil, affaissé dans son arcade, avait disparu sous le poids d'une paupière close et aplatie ; la bouche, encore entr'ouverte, paraissait avoir été tordue dans un dernier grincement convulsif ; toute la face avait une expression horrible de stupidité et de douleur. Les bras cruellement décharnés, les poings fermés et crispés avec force, portaient l'empreinte de nombreuses morsures faites à belles dents ; plusieurs places étaient déchirées et mises à vif, comme si elles eussent été broyées longtemps et avec force. Tout semblait indiquer que ce vieillard avait dû expirer dans les tortures de la faim et de la rage.

L'autre corps était celui d'un tout jeune homme. Le front appuyé sur ses mains en croix, la face tournée contre terre, il était prosterné dans toute sa longueur, à quelques pas plus loin que le vieillard, comme ces grandes figures en prostration que les artisans qui travaillent la pierre cisèlent quelquefois sur le couvercle des tombeaux pour représenter la morne image du désespoir.

Il était tout vêtu de cramoisi, haut-de-chausses et pourpoint, d'une étoffe riche et soyeuse, une manière de velours. La casaque qui était jetée à grands plis sur ses épaules était d'une forme agréable et élégante, mais d'une coupe fort ancienne, et telle qu'en portent encore aujourd'hui certains personnages de théâtre. Il avait autour du cou une fraise brodée fort ample et fort belle, et des dentelles fines aux poignets. En un mot, cet enfant, à en juger par la recherche de sa mise et le bon goût de ses vêtements, avait dû être, dans le temps où il avait été si cruellement surpris par la mort, un garçon fort distingué et fort à la mode.

Son visage était hâve, mais blanc ; une barbe blonde et naissante encadrait ses lèvres et dessinait le contour gracieux de son menton. Ses traits étaient fins et mignons, ses mains petites et délicates, et il y avait sur son front et dans toute sa physionomie inanimée et décolorée l'expression d'un calme et d'une candeur ineffable. On eût dit qu'il avait quitté la vie sans regrets, sans efforts, dans résignation. Il montrait au plus vingt ans.

Il faut croire que ces chambres souterraines étaient d'une construction bien saine et bien salubre, et que la dépouille mortelle de cet enfant comme celle du vieillard s'étaient trouvées dans un milieu bien exempt de toute humidité ambiante et de tout principe dissolvant, car elles étaient l'une et l'autre dans un état de parfaite conservation, ou plutôt de parfaite dessiccation, comme si elles eussent été soigneusement embaumées dans un cercueil. La peau sèche et adhérente aux articulations avait pris la dureté et la sonorité du parchemin, et le sang et la chair s'étaient réduits et volatilisés à ce point qu'ils avaient perdu toute pesanteur. Tels se conservent, dit-on, quelquefois dans le désert les corps des voyageurs engloutis par des tourbillons de sable.

Peindre l'étonnement de M. le lieutenant de police et l'ébahissement de ses commis devant une aussi étrange rencontre ne serait pas chose facile ;

et ce qui surtout me serait impossible, ce serait de les suivre dans la foule d'imaginations et de suppositions que fit naître dans leur esprit la vue de ces deux corps, formant entre eux un si curieux contraste : l'un tout jeune, l'autre dans les dernières limites de la vieillesse ; l'un couvert de toutes les apparences de la misère la plus dégoûtante, l'autre dans la livrée du luxe et les soins de l'élégance ; l'un avec un masque hideux, image du vice et de la rage, l'autre avec une belle tête blonde, résignée et douce, comme celle d'un enfant dans le sommeil.

Comment ces deux infortunés avaient-ils trouvé la mort dans ce cachot ? Depuis quand étaient-ils là ? Qui pouvaient-ils être ? Voilà quelques-unes des mille et une questions que naturellement s'adressaient nos perquisiteurs, tout en se livrant à un bien triste examen, tout en considérant ces pauvres victimes, dont la fin avait dû être si cruelle, qui avaient dû succomber après une lente et affreuse agonie.

Quant à nous, qui sommes préalablement beaucoup mieux informé que ne l'étaient alors tous ces hommes de police, il est plus que vraisemblable que nous avons reconnu depuis longtemps, dans les deux spectres du caveau, maître Jean d'Anspach et son neveu Adolphus.

XV.

Dans le court espace de temps qu'on accordait aux prisonniers privilégiés pour leur récréation, soit à la Bastille, soit à Vincennes, il était difficile que l'infortuné M. de Brederode pût achever au gré de ses compagnons le récit de ses prétendus malheurs, que nous essayons de reproduire en ce moment avec quelque fidélité. La fâcheuse apparition du geôlier, qui venait prendre les prisonniers pour les conduire dans leurs chambres, interrompait, d'ordinaire au grand chagrin des auditeurs, l'histoire qu'ils écoutaient, et à laquelle ils prenaient de plus en plus un plaisir vif et réel

— La suite à demain, messieurs, disait gracieusement le comte de

Brederode en se retirant ; Dijon (c'était le nom du geôlier) ne veut pas qu'aujourd'hui vous en sachiez davantage... Puis, s'adressant au porte-clés lui-même : – Dijon, savez-vous que vous êtes un véritable artifice de rhétorique ? ajoutait-il ; vous venez habilement contrarier le cours de ma narration pour y ajouter encore de l'attrait et du charme par l'attente et la suspension.

Et le lendemain, à l'heure régulière de la promenade, quand l'auditoire se retrouvait formé sur la plate-forme, quelquefois assis sur l'affût d'un vieux pierrier qui, là depuis des siècles, braquait sa gueule silencieuse sur la ville, il reprenait, après un court préambule, son récit où il l'avait laissé la veille.

– L'œil est rapide, disait-il d'ordinaire, et la parole est lente, et les phrases, dans la bouche même la plus exercée, se succèdent péniblement, comme des chariots pesamment chargés, par un chemin étroit et limoneux. Aussi n'allez pas croire que M. d'Argenson se fût arrêté aussi longtemps auprès des deux corps, pour en prendre une connaissance attentive, que je l'ai fait hier, moi, pour vous en donner une idée imparfaite et sans précision.

En même temps qu'il s'abandonnait à ce triste examen, aux impressions qui en étaient la suite naturelle, tout en laissant son esprit voguer sur la mer des réflexions et des hypothèses, il avait mène fouillé du regard scrupuleusement et de tous côtés la cellule, pour s'assurer s'il n'y existait pas, comme dans les caveaux antérieurs, quelque communication répondant à l'entrée, menant à d'autres voûtes souterraines. Mais pas une fissure dans les pierres, pas la moindre disjonction, pouvant faire soupçonner un passage condamné ou habilement dérobé, ne s'offrit à sa recherche : la crypte décidément s'arrêtait là. Une surprise nouvelle, considérable, inouïe, cependant, l'attendait encore.

Tout à coup il a cru s'apercevoir qu'un des barils placés à l'angle de la muraille, le plus près de lui, était plein, plein jusqu'au haut, comme un boisseau comble. Il s'approche et, sous une couche épaisse de poussière, il voit se dessiner une foule de petits disques semblables à des pièces de monnaie. – Qu'est-ce donc ? se dit-il ; quelle denrée funèbre est donc enfermée dans ces catacombes ?

Alors du fourreau de son épée, avec anxiété et précaution, il toucha à ces objets ; il en dérangea quelques-uns pour s'assurer de ce que ce pouvait être : un son métallique soudain se fit entendre ; un ton jaune, uniforme, semblable à la couleur de l'or, s'offrit aux reflets de la lumière et à ses regards éblouis. – Plus de doute, c'était de l'or, de l'or monnayé !... De l'or, de l'or plein ce baril, plein celui-ci, plein l'autre encore !... Cinq barils à la suite l'un de l'autre étaient ainsi remplis de carolus et d'écus d'or au soleil.

M. d'Argenson n'en revenait pas, il allait de l'un à l'autre, il touchait, il faisait sonner, il regardait. – Cela se peut-il bien ? s'écriait-il ; n'est-ce qu'une fascination ? Suis-je l'objet, la victime de quelque tour ténébreux de nos magiciens, de quelque sorcellerie ?

Une caisse de fer et deux bahuts de bois sculpté se trouvaient là, dans la cellule, près des barils ; leurs clés étaient encore à la serrure. Ils forent bientôt ouverts, visités, fouillés ; c'étaient des lingots de toutes sortes, des sacs d'or et d'argent, des bijoux, des vases précieux, de la vaisselle, des joyaux, des perles, des pierreries ; tout ce qu'en fait d'orfèvrerie on peut rêver de plus riche, de plus brillant, de plus beau. Imaginez-vous le trésor de Cléopâtre et la cassette du roi Louis XI mêlés aux richesses de Montezuma.

Si l'étonnement de M. d'Argenson avait été grand à la vue des deux spectres étendus sur les dalles, il ne le fut pas moins devant une telle découverte miraculeuse, incroyable, inouïe. Mais sa joie surpassait encore son admiration ; il lui semblait qu'il venait, lui aussi, de pénétrer dans la ville du soleil et d'effacer à jamais la gloire de Fernand Cortez et de Pizarro.

Cet amas de richesses près des restes d'un tout jeune homme et d'un barbon hideux, enveloppé de haillons, n'était guère fait pour expliquer ce qu'il y avait d'étrange et d'incompréhensible dans tout ceci. Cela compliquait encore l'énigme, et l'esprit intrigué et frappé de M. le lieutenant-général alla se perdre de nouveau dans des abîmes d'interprétations. Quand notre esprit est en proie à quelque chose d'obscur ou qu'il ignore, il fait de belles chevauchées dans les espaces de l'imagination.

Lorsque M. d'Argenson se fut bien réjoui, se fut bien saturé le regard de toutes ces merveilleuses choses que sa bonne fortune venait pour ainsi dire de déposer à ses pieds, au milieu des circonstances les plus bizarres, il se prépara enfin à quitter la cellule. D'abord il ordonna à ses gens d'en sortir ; mais, comme il allait lui-même en passer le seuil, il lui sembla voir à terre quelque chose tout auprès du corps du jeune homme.

Il revint sur ses pas et il ramassa en effet une petite lampe de fer portative, puis un reste de crayon usé jusqu'à l'extrémité, et un petit livret de poche couvert d'un cuir historié à peu près semblable à ce que nous appelons aujourd'hui un agenda ou portefeuille.

M. d'Argenson l'ouvrit, y jeta rapidement les yeux… Il était chargé sur toutes ses pages d'une écriture irrégulière, lourdement tracée à la mine de plomb.

La possession d'un tel objet lui fit concevoir tout de suite l'espérance d'y pouvoir rencontrer quelque renseignement, sinon une révélation entière, quelques notes consignées par ces victimes sur la mort cruelle qu'elles avaient endurée dans ce souterrain, et la source des richesses qui s'y trouvaient recelées. Il emporta donc ce livret.

Mais comme il n'eut pas été prudent de laisser l'immense trésor de la cellule, bien fait pour donner de la convoitise au cœur le moins cupide, à la merci des évènements et du premier larron qui se sentirait en goût d'y faire une visite, il referma provisoirement la grille avec son cordon de chevalier de l'ordre du Saint-Esprit, comme pour y apposer un sceau ou scellé royal et en prendre possession au nom de son maître, à l'instar d'un navigateur qui vient de poser le pied sur une terre nouvelle.

Ensuite, ayant recommandé à ses hommes, sous promesse d'une forte récompense, de garder un silence absolu sur tout ce qu'ils venaient de voir, il évacua avec eux le souterrain. Puis il fit appeler deux des archers qui nous gardaient prisonniers au château, et par conséquent étaient dans l'ignorance la plus complète à l'égard de la nouvelle découverte ; il les plaça à l'entrée, leur donnant pour consigne l'ordre formel de tirer sans miséricorde sur tout ce qui tenterait de les approcher, à l'exception de lui-même, M. le lieutenant.

XVI.

Plus triomphant que Jason revenant de la Colchide après avoir dérobé la fameuse toison d'or, M. le comte Voyer d'Argenson nous revint de son expédition souterraine.

Il entra d'un pas magnifique dans l'appartement où nous étions relégués ; la joie, la satisfaction éclataient sur sa figure ; il nous pria, avec un sourire en permanence s'épanouissant sur ses lèvres, de ne pas trop nous laisser aller à l'ennui.

Pour ce qui était de moi en ce moment, je ne devais pas avoir la mine fort mélancolique, car depuis le retour de notre révérend prieur je m'étais fort hilarié, et j'avais surtout épuisé force moqueries à l'occasion de ses lanternes magiques et du travestissement en diable de M. Jean-François, son valet.

M. le lieutenant-général nous donna en outre cette consolation que notre position actuelle n'était que provisoire, qu'il allait en écrire au roi, dont il était le simple envoyé, et qu'aussitôt que sa majesté lui aurait fait connaître sa volonté, nous quitterions ce lieu sans doute pour une situation plus durable et mieux déterminée.

Puis il nous laissa tout entiers à nos réflexions, après quelques légères plaisanteries sur notre malheureuse prétention à la sorcellerie et l'infécondité de nos travaux, espiègleries dont nous ne comprenions guère la portée, n'ayant pas la connaissance du trésor véritable que venait de rencontrer M. d'Argenson, par l'effet d'une si singulière aventure, tout au fond du mystérieux repaire révélé inopinément par la culbute de notre brave moine et révérend prieur.

Il s'installa aussitôt dans le salon contigu ; Suzanne s'y trouvait enfermée, et il se mit en toute hâte à préparer sa dépêche au roi, car il lui tardait de l'informer de ses succès et de sa capture. – Quelle agréable nouvelle à porter à son maître, pour un fidèle et zélé serviteur !

Mais le charme indéfinissable de la belle magicienne attirait sans cesse ses regards, défaisait ses pensées et ses phrases à mesure qu'elles se rassemblaient, et le plongeait dans cet état de distraction et d'inquiétude naturel aux écoliers dissipés quand il s'agit de leurs devoirs.

Dès que sa lettre fut achevée, M. d'Argenson la mit sous enveloppe, la scella, et fit partir un exprès pour la porter en toute diligence à Marly, où depuis quelques jours résidaient la cour et le roi. – Il pouvait être alors environ quatre heures et demie du matin.

Libre de tous pressants soucis, n'ayant à faire mouvoir pour le moment aucun des rouages de son administration, et ne pouvant plus agir qu'après la réponse du monarque et sur de nouveaux ordres, M. le lieutenant-général se vit à la tête d'un très doux loisir.

Il s'approcha de Suzanne, lui détacha deux ou trois compliments de la plus fine fleur, deux ou trois rayons de miel comme M. le lieutenant savait si bien les distiller ; ce dont la belle captive parut assez peu touchée.

Mais M. d'Argenson avait fortement à cœur de lier conversation, et il lui dit :

– Cherchez-vous les trésors, mademoiselle, n'importe où, en n'importe quel lieu ?

– Nous les cherchons, monsieur, où il doit y en avoir.

La réponse était brève et un peu sibylline.

M. le lieutenant s'arrêta un peu décontenancé ; puis il reprit :

– Vous pensiez donc qu'il devait se trouver un trésor ici ?

– Oui, monsieur, autrement nous l'eussions cherché ailleurs, ou nous eussions été des sots.

Qu'objecter à un tel argument ? Peu de chose. Cela était net, d'une logique raide et serrée ; cela, comme dit un vieux proverbe de veneur, avait frappé l'oiseau dans l'œil. Aussi M. d'Argenson ne chercha-t-il à y opposer que sa belle humeur.

– Vous êtes d'habiles gens, dit-il malicieusement, cela est possible ; mais, croyez-moi, il y a un plus grand sorcier que nous tous, et ce sorcier, c'est le hasard.

M. le lieutenant souriait sous cape, songeant à la chute révélatrice du moine.

— Mais, puisque vous cherchiez un trésor, poursuivit-il, dans la supposition qu'il devait en exister un en ces lieux, d'où vous venait cette croyance, mademoiselle ?

La belle devineresse répondit :

— Vous êtes bien mal renseigné, monsieur le lieutenant-général, pour une personne de votre charge. Comment ignorez-vous ce qui est au su de tout le monde, c'est-à-dire que des richesses considérables sont enfouies dans quelque coin du territoire d'Arcueil ou plutôt de cette propriété ?

— Vraiment ! Eh ! qui donc a pu cacher là ces richesses ?... Le créateur au commencement de la Genèse ?

Comme celui qui tient dans son sac le chat qu'on cherche, M. d'Argenson se raillait toujours.

— Non, monsieur, il y a environ un siècle ; ce fut, dît-on, un avare fort riche, orfèvre et usurier du roi Henri IV.

Ici Suzanne raconta en quelques mots ce que nous savons déjà fort au long sur maître Jean d'Anspach ; et quand elle eut fini son récit, que M. le lieutenant-général avait écouté, tombant de surprise en surprise, émerveillé, car tout cela se rapportait exactement à ce qu'il venait de voir dans la salle souterraine, il lui dit à demi transporté et tout près de lui reconnaître la qualité de sorcière qu'il lui refusait tout à l'heure :

— Eh ! qui donc, mademoiselle, a pu conserver le souvenir de tout ceci ?

— Le peuple, monseigneur, qui jamais n'oublie. Du reste la chose doit avoir été consignée dans quelques écrits ; des gens très instruits m'en ont donné l'assurance.

M. d'Argenson se laissa emporter quelques instants par la réflexion ; car toute cette affaire bizarre, ce mélange de réalité et de folie, lui donnait naturellement fort à rêver. Puis, se ravisant tout à coup :

– Que je suis maladroit, mademoiselle, de vous fatiguer de mes questions, s'écria-t-il, tandis que j'ai là un petit livre qui pourra m'en apprendre bien davantage ? Vous permettez, n'est-ce pas, belle Circé ? Daignez me croire pénétré, mademoiselle, des égards que l'on doit aux femmes, et surtout à une femme de votre beauté. Ah ! si ce n'était, croyez-le bien, je vous en prie, pour une affaire urgente de l'état, du moins qui touche l'état, vous ne me verriez occupé que de vous, que de vous servir, que de vous plaire !… Je resterais là à vos pieds comme aux pieds d'une idole !

Après avoir commencé par un délicat madrigal, finir ainsi sur le ton brûlant de l'héroïde, certes, cela n'était pas trop mal, c'était même fort joli !

Et M. le lieutenant-général avait bien raison de se féliciter tout bas de son mérite.

XVII.

L'écriture qui couvrait tous les feuillets du petit livre que M. d'Argenson avait trouvé dans la cellule de pierre, près du squelette du jeune homme, et qui, à en juger par l'élégance de son enveloppe si bien en harmonie avec l'élégance des vêtements de cet infortuné, avait dû certainement lui appartenir, était une écriture ronde assez lisible, mais tracée d'une main incertaine et tremblante. Il y avait peu d'ordre dans la rédaction et peu de suite dans la succession des pages. La plupart des lignes couraient de bas en haut ou de haut en bas d'une façon extravagante, comme ces rangées de bâtons qu'on fait faire aux jeunes enfants pour les initier peu à peu aux arcanes des déliés et du jambage.

Sur le premier feuillet on voyait d'abord, en assez grands caractères et comme pour servir de titre :

ADOLPHUS,
NEVEU DE MAITRE JEAN D'HANSPACH,
À CEUX
QUI POURRONT PÉNÉTRER DANS CE REPAIRE, SI JAMAIS LE CIEL LE PERMET, ET ENTRE LES MAINS DESQUELS POURRAIT TOMBER CE PORTEFEUILLE,
SALUT, AMITIÉ ET BONHEUR.
PITIÉ POUR MOI.

Ce commencement bizarre, qui semblait promettre des révélations, n'était pas fait pour détourner la curiosité ; bien loin de là. Amorcé, piqué au vif, M. d'Argenson, qui brûlait d'en savoir davantage, se mit à déchiffrer le mystérieux grimoire avec l'ardeur et l'application d'une jeune dame dévorant à la dérobée un de ces beaux romans qui font voyager l'âme sur une mer de galanterie et d'amour.

À la suite de cette espèce de frontispice ou de préface venait la narration que voici, sinon absolument exacte pour les termes, certainement exacte pour les faits.

Le pauvre et malheureux neveu de maître Jean d'Anspach entamait ainsi :

« Ma fin sera sans doute horrible ! il faudra que j'expire là aux côtés de mon oncle, dans une lente agonie ; cela est inévitable, inexorable ; auprès de mon oncle sur le front duquel descendent déjà les froides ombres de la mort. Et c'est pour expliquer ma présence en ce lieu funeste, si jamais elle parvient à la connaissance des hommes, et sauver ma mémoire de toutes fâcheuses suppositions ou interprétations, que je vais prendre le soin de consigner sur ce livre la cause et l'occasion de ma perte. – La fatalité est une loi bien cruelle !

« Tout ce qui concerne mon oncle, son métier, sa fortune, ses richesses, sa bizarrerie, sa sordidité, sordidité que le pauvre homme, hélas ! aura expiée si chèrement par ma faute : toutes ces circonstances, dis-je, sont trop bien connues ; elles ont trop longtemps fait l'étonnement de la cour et de tout Paris pour qu'il soit nécessaire que je m'y arrête. D'ailleurs, comme je viens de l'exposer, ce que je souhaite seulement, si ma lampe, dont la lumière baisse de minute en minute, si le peu de courage qui me reste ne me manquent pas en chemin, c'est de laisser après moi quelques mots d'éclaircissement sur l'horrible événement qui en ce moment s'accomplit.

« Mon oncle, après avoir quitté son atelier d'orfèvrerie ou plutôt son bureau d'usure, emportant un immense avoir, s'était donc retiré ici, à Arcueil, dans ce château, comme chacun sait, et il y vivait dans une solitude absolue et dans un raffinement de privations bien extraordinaire.

« Personne au monde ne pénétrait dans sa retraite, personne, excepté moi, qui venais de loin à loin prendre de ses nouvelles et passer quelques heures dans sa compagnie.

« Le but et le motif de ces visites, on me fera cette justice de le croire, n'avaient certainement rien d'intéressé. Ce n'était ni le bon accueil ni la bonne chère qu'on m'y préparait qui pouvaient m'attirer dans ce repaire. Ce que j'en faisais, ce n'était pas davantage pour obéir à l'obligation que m'avaient imposée mes tuteurs en m'envoyant vivre en France auprès de maître Jean, mon oncle, de ne négliger aucun moyen, aucune hypocrisie, afin de capter sa bienveillance, de lui plaire, de le séduire, de le tourner en ma faveur, de m'assurer ses libéralités (hélas ! les libéralités de mon oncle), et l'héritage considérable dont j'avais la lointaine espérance. Non, ce n'était pas cela davantage, j'en prends le ciel à témoin, l'amour de la richesse ne m'avait point encore souillé le cœur. Je crois même que l'état d'abjection dans lequel je voyais que cette passion pouvait plonger un homme, m'avait guéri par anticipation, et à tout jamais, du goût de l'or, de l'or, cette infâme drogue ! – Le mauvais exemple serait-il donc plus salutaire que le bon ?

« Si je venais auprès de mon oncle, c'était donc conduit surtout par un honnête sentiment de famille. N'était-il pas le frère de ma pauvre mère, que j'avais tant aimée ? Puis il y avait dans les traits du vieillard, et parfois dans sa voix et dans ses gestes, quelque chose qui me rappelait cette première amie ; et cela suffisait, je l'avoue, pour m'attacher à lui.

« Mais peut-être dois-je le dire aussi, une pensée plus puérile, qu'on pardonnera, je l'espère, à mon extrême jeunesse, avait-elle aussi sa place dans mon esprit. Mon oncle était si fantasque, si singulier, si plaisant dans toutes ses petites pratiques avaricieuses, chaque fois que je l'approchais j'étais si parfaitement sûr qu'il me servirait quelque nouvelle folie, que je prenais un certain plaisir malin et secret à le voir.

« J'avais lu et relu l'Avare de Plaute à l'université. Mais comme cet avare-là était loin d'égaler mon oncle ! comme il me revenait à la mémoire pâle et décoloré ! Harpagon, Euclio, Thesaurochrysonicocbrysidès, comparés à mon oncle, étaient de véritables dissipateurs. »

Ici le jeune Adolphus, sans doute par inadvertance, avait tourné deux feuillets ensemble, car une lacune de deux pages blanches interrompait brusquement le récit en cet endroit. – Il reprenait ensuite.

« Soit que j'eusse trop musé le long de la route d'Arcueil, soit que je me fusse oublié trop longtemps dans la société un peu farouche de mon oncle, plusieurs fois il m'était arrivé de me laisser surprendre par la nuit, et, ne pouvant plus rentrer dans Paris sans courir quelque danger, il m'avait fallu demander un gîte au château. Mon oncle avait toujours vu cette circonstance avec effroi, et n'avait jamais consenti à m'accorder cette hospitalité de passage qu'avec une extrême répugnance et après avoir épuisé toutes les subtilités imaginées par la politesse pour faire comprendre indirectement à un homme qu'il ferait bien de gagner la porte.

« Enfin, quand il était bien convaincu de l'inefficacité de son éloquence expulsive, de l'inutilité de ses ingénieux efforts pour altérer ma résolution, il me conduisait d'une façon fort rechignée au local qui devait me servir de logis. C'était d'ordinaire un grenier immense, situé au-dessus du bâtiment des écuries, celui qui se trouve à main droite du côté du jardin lorsqu'on entre dans la cour d'honneur.

« Là mon bon oncle, après m'avoir invité à goûter les bienfaits du repos sur une jonchée d'herbe sèche, me souhaitait un bonsoir, une bonne nuit, me laissait sans lumière, et refermait derrière lui rigoureusement la porte, si bien que jusqu'au lendemain au jour il me tenait ainsi son prisonnier.

« Vous voyez que le bonhomme n'avait pas une confiance inimitée en son neveu.

« Comme je me couchais l'estomac vide, mon sommeil n'était pas très profond ; le cri d'une chouette prenant sa volée, le moindre murmure du vent soufflant dans les tuiles, me mettait l'œil et l'oreille au guet.

« Une nuit que j'étais, je ne sais pourquoi, fort agité sur mon lit de fourrage, et que j'avais entendu sonner au moûtier du village onze heures, minuit, une heure du matin, il me sembla tout à coup reconnaître qu'on marchait à l'extérieur. – C'était bien le bruit pesant et sonore d'un pas humain qui se pose sur une terre nue et silencieuse pendant l'obscurité.

« Je me levai, et m'avançant avec précaution de peur d'aller donner du front contre un poteau ou de me fourvoyer sous les solives du comble, je gagnai une espèce de lucarne, sans châssis ni vitrage, qui laissait arriver jusqu'à moi l'air parfumé de la nuit, en me montrant tout au fond de son étroite embouchure un peu de l'azur du ciel et deux ou trois poignées d'étoiles.

« Je me glissai doucement sur la plate-forme qui saillait de beaucoup en dehors du mur, comme il est d'usage aux lucarnes de greniers à foin ; je me penchai sur le garde-fou qui l'environnait, et je pus alors distinguer, à travers les broussailles et les massifs du jardin, une faible lueur, pareille à la lumière d'un falot. Cette lueur, autant que je pouvais la suivre à travers le feuillage, semblait parcourir une ligne tortueuse, mais qui cependant la rapprochait peu à peu du château. Si je n'avais entendu en même temps le sable crier sous des semelles, le sol résonner sous un pied lourd, j'aurais pris certainement cette petite flamme brillante pour un de ces feux follets qui voltigent la nuit dans la campagne, pour un de ces petits lutins ou farfadets qui, après avoir dérobé le phosphore d'un ver-luisant ou d'une luciole, viennent se placer malignement devant les pas d'un voyageur pour l'égarer et le conduire, après mille espiègleries, au fond d'un marécage.

« Enfin la lumière, qui s'avançait toujours, atteignit l'extrémité d'une allée, longea les plates-bandes du parterre, et entra dans l'espèce d'avant-cour que formaient le château et l'équerre de ses deux ailes.

« Je reconnus alors parfaitement mon bon oncle dans son costume de chartreux, qui lui donnait l'air d'un véritable fantôme.

« Il portait à la main la lanterne dont j'avais aperçu de loin le pâle reflet dans les taillis du parc, et qui répandait sur sa barbe, sur les grands plis de sa robe, à quelque distance autour de lui, une sorte de brouillard lumineux, semblable à l'auréole blafarde qui environne le disque de la lune quand le ciel est brumeux.

« Mon oncle traversa la cour, se dirigeant vers un perron qui se trouvait à l'angle du bâtiment principal, ouvrit une petite porte basse et cachée, dont les battants étaient peints de la couleur du mur, mit le pied sur le seuil, et, après avoir jeté un coup d'œil inquiet autour de lui, entra et disparut dans l'épaisseur du guichet.

« J'entendis les ais de la porte se joindre, un grand remuement de ferraille et de serrures, puis ce bruit sinistre cessa, et je me retrouvai seul sur le balcon de ma lucarne, perdu dans cette paix profonde qui règne à cette heure dans les campagnes, seul, en proie à toute une multitude de pensées, par une de ces belles nuits d'été où la nature entière semble s'être endormie dans les caresses de l'amour.

« Mais que diable mon oncle avait-il été faire dans le parc avec sa lanterne ? Comme la belle Zoraïde, qui la nuit se rencontrait avec un jeune chevalier maure sous les rosiers blancs de l'Alhambra, le bonhomme avait-il des entrevues secrètes, à la faveur des ténèbres, sous la ramée de son jardin ?

« S'arrachait-il ainsi d'habitude à son repos et à son sommeil pour se livrer à ce genre de promenade assez funèbre, ou n'était-ce qu'une sortie amenée par quelque hasard ? Cela m'intrigua quelques instants, puis j'oubliai bientôt cet incident vulgaire, et, l'aube commençant à gagner l'horizon et à effacer sous une couleur assez fade les grandes ombres de la nuit, je retournai m'étendre sur ma litière d'herbe sèche, sur laquelle, cette fois, je m'endormis profondément.

« A quelque temps de là, mon oncle, à qui j'avais demandé le gîte, m'ayant comme de coutume enfermé galamment au-dessus des écuries, cela me remit en mémoire la scène nocturne dont je viens de parler.

« Médiocrement pressé par le sommeil, j'avais soupé, je crois, de deux noix et d'une poire, mes entrailles criaient famine ; je me dis : Voyons donc si décidément maître Jean, mon oncle, passe ses nuits à courir les champs comme un chat veuf ; – et je m'installai de mon mieux sur la plate-forme de la lucarne.

« Du haut de mon échauguette, comme un veilleur de nuit dans une ville de guerre, je plongeais de toutes parts dans la campagne, je dominais sur tout ce qui m'environnait, le jardin, les bâtiments, le parc, et il était impossible d'entrer ou de sortir du château sans passer à la portée de mon regard.

« C'était mal, certainement, ce que je faisais là ; c'était d'une grande indiscrétion. Ah ! que n'ai-je réprimé ce premier mouvement d'une curiosité coupable ! je n'aurais pas été amené à faire ce que j'ai fait depuis, je ne serais pas là aujourd'hui étendu sur ces dalles, n'ayant plus d'espoir que dans la mort, qui sera sans doute bien lente à venir et bien rebelle.

« À minuit environ, mon oncle Jean sortit avec précaution de la petite porte basse par laquelle je l'avais vu rentrer la fameuse nuit de ma découverte. Il avait à la main un falot comme la première fois ; il traversa la cour de même, gagna le jardin et le parc, semblant repasser exactement par le même chemin, mais en sens inverse. Enfin, la lueur que jetait la lanterne s'enfonçant de plus en plus dans l'épaisseur des taillis, je ne distinguai bientôt plus rien, je perdis toute trace. Bruit, ombre et lumière, tout avait disparu.

« Vive Dieu ! m'écriai-je, si mon oncle n'est plus dans la première verdeur, comme en revanche il est fidèle ! et la dame qui l'attend là-bas chaque nuit sous la feuillée, si dame il y a, doit être bien charmée de son exactitude ; car rien ne plaît tant aux dames que de trouver en leurs amants les vertus qui font les bons domestiques ! Un amant, c'est le laquais d'un cœur.

« À propos de laquais, moi, de mon côté, je me fis celui de ma curiosité, et j'attendis patiemment à ma lucarne le retour de mon oncle, comme un porteur de chaise attend à la porte d'un hôtel.

« Ah ! quand on court le guilledou, le temps a les ailes légères. Cependant le bonhomme ne s'oubliait pas dans son bonheur ; et comme une heure du matin sonnait, je le vis aussitôt paraître, du moins, veux-je dire, la lumière de son flambeau : l'amour va-t-il jamais sans une torche brûlante !

« Mais ce n'est pas bien de m'amuser ainsi à ce badinage. Mon oncle, un tel anachorète, si haletant et si caduc, s'occuper aux amours ! Le pauvre homme ! Ah ! plût au ciel mille fois qu'il fût aller bâiller la sérénade à sa belle !

« Tandis qu'il regagnait lentement, dans l'angle de la cour, la porte basse du perron, mon oncle avait vraiment l'air funéraire d'un habitant du Styx ou d'un vieux gnome s'en allant souper chez les morts.

« Je lui souhaitais bon appétit, et je retournai me blottir dans mon nid de fourrages. Mais je jurai toutefois de faire si bien, que je viendrais à connaître le motif des excursions nocturnes de mon oncle. Il y avait bien, au fait, de quoi piquer ma fantaisie.

« Je me fis faire, en conséquence, à Paris une échelle de soie d'environ six coudées. Le passementier s'imagina que je la destinais à quelque entreprise amoureuse ; je le laissai croire, et j'avoue que cela flatta infiniment mon humeur romanesque.

« Hier donc dans la journée, lorsque je fus muni de cet audacieux instrument qui aurait pu m'aider à faire des escalades si mignonnes, je le roulai autour de mon corps, sous mon pourpoint, afin de le cacher de mon mieux au regard si scrupuleux de maître Jean, et je vins prendre gîte au château. J'apportai, pour motiver ma visite, quelques écheveaux de fil et des aiguilles que mon oncle m'avait demandés.

« À l'heure habituelle de sa sortie, juste à minuit sonnant, la porte basse s'ouvrit, et mon oncle, portant sa lanterne, se mit à cheminer comme de coutume dans la direction du parc.

« Vite je jetai au dehors mon échelle que je tenais depuis un instant toute prête, et l'ayant attachée au balcon de ma lucarne, le long de la muraille, je me hâtai de descendre, si prestement, que j'en eusse fait sécher d'envie un écureuil.

« Je courus doucement dans la direction de la lumière, et j'atteignis à pas de loup maître Jean d'Anspach comme il allait pénétrer dans un massif du parc.

« De peur de me trahir, je me tins à quelque distance. Je me cachai derrière le tronc d'un immense hêtre, et plongeant mes regards dans le fourré à travers le feuillage et le clayonnage des branches, je cherchai à démêler ce que mon oncle pouvait avoir à faire en ce lieu. L'histoire de Numa Pompilius et de son Égérie me revint en mémoire ; mais aujourd'hui les nymphes sont plus rares, et surtout leurs doux propos.

« Je vis d'abord mon cher oncle s'incliner, poser sa lanterne près de lui, déranger une couche épaisse de brindilles et de feuilles mortes pour en former un monceau ; soulever avec effort le volet pesant d'une trappe placée au niveau de la terre, après en avoir fait couler les vervelles ; le rejeter de côté sur l'amas de brisées et de feuilles, puis reprendre son falot et disparaître peu à peu dans le vide laissé par la trappe, semblant s'enfoncer par degrés sous le sol, comme s'il avait descendu les marches d'un escalier soute

« Je m'approchai alors de l'ouverture avec précaution, je risquai un regard timide, et je vis au-dessous de moi, tout au bout d'une longue suite de gradins de pierre échelonnée entre les deux parois d'un étroit couloir, la silhouette décharnée de mon oncle qui s'avançait le dos courbé dans un espace plein d'obscurité où mon œil le suivait avec peine.

« Je le vis ensuite s'enfoncer de nouveau dans le sol, disparaître peu à peu, comme si la terre avait fui sous son pied fourchu, laissant encore après son entière disparition une faible lueur de plus en plus mourante, pareille à la trace de phosphore et de soufre que laisse derrière lui Lucifer, et qui bientôt s'éteignit tout-à-fait.

« J'attendis quelques instants, l'oreille au guet, l'œil plongé dans la même direction ; mais n'entendant plus au et ne voyant point reparaître la lumière, je me glissai doucement dans l'escalier, quitte à me rompre le cou, car il me tardait de savoir ce que mon oncle pouvait célébrer au fond de ce puits.

« J'arrivai au bas des degrés sans encombre, et après avoir fait quelques pas sur une surface unie, je me trouvai sur le bord de l'orifice par lequel maître Jean avait disparu. Je me penchai sur ce soupirail, j'aperçus au fond d'une sorte d'hélice ou caracol une lumière faible et rampante, qui, tournant plusieurs fois sur elle-même, venait mourir à mes pieds. Conduit par cette lueur, je descendis encore, marche à marche, cette étroite spirale, et je débouchai tout à coup dans la salle nue et voûtée qui précède celle-ci.

« Mon oncle était alors en cette dernière cellule. Là, près de lui, sur un grand coffre, était posée cette petite lampe de fer qui m'éclaire encore et me permet de tracer rapidement ces lignes. Mais hâtons-nous, j'ai beau la pencher, je ne vois plus dans le récipient que quelques gouttes d'huile ; la mèche, que je remonte sans cesse, a presque atteint son extrémité ; et quand la lumière va quitter cette lampe, elle quittera aussi à jamais ma paupière. Hélas ! Ô mon bon oncle, il nous faut mourir ! Quelle fin désespérante et cruelle ! Mais le vieillard ne m'entend déjà plus. Sa main froide et crispée ne répond plus aux serrements de la mienne. Adieu, adieu, mon oncle ! Oh ! dites que vous me pardonnez !

« Mais si, au lieu de demeurer oisif et résigné, j'appelais, j'ébranlais ces barreaux sans relâche ! si je rongeais de mes dents cette grille ?... Appeler !... et dans cette habitation isolée et solitaire, et dans cette profondeur souterraine, qui pourrait ouïr mes cris et m'apporter du secours ?... Je tarirais vainement ma voix dans ma gorge, fuserais vainement mes dents sur le fer.

« Comme mon oncle tournait le dos à l'entrée, je ne pouvais voir ce qui le retenait immobile dans la même attitude. Il me semblait pourtant qu'il contemplait quelque chose avec application, dans une sorte d'absorption ou d'extase. Il avait tant d'amour, le pauvre homme, tant d'amour pour son veau d'or !

« La grille du caveau était large ouverte ; follement, légèrement, sans songer à ce que je faisais, à l'effroi, à la surprise que pouvait causer ma présence inopinée dans ce lieu, me laissant aller à mon enfantillage, je passai le seuil, je m'avançai doucement vers mon oncle. Mais comme je n'étais plus qu'à peu de distance de lui, marchant sur la pointe des pieds, mes chaussures se heurtèrent, je perdis l'équilibre, et, cherchant à le rattraper, je posai le talon trop lourdement à terre.

« À ce bruit, mon oncle se retourna dans une épouvante indicible, et, me reconnaissant tout à coup, il laissa tomber sur moi un regard enflammé et menaçant.

« Il s'était placé devant ses barils et ses coffres, que j'apercevais remplis d'or, comme une lionne qui couvre de ses flancs ses lionceaux.

« Puis, s'élançant contre moi avec rage (sa tête était égarée par la colère et la terreur), il vint, le pauvre vieillard, se heurter ou plutôt se briser sur ma poitrine. Si je ne l'avais secouru, je crois que de son propre choc il se fût renversé de sa hauteur sur les dalles.

« Je ne sais s'il se méprit sur le geste que je faisais pour le secourir ; mais, tremblant comme la feuille : – Misérable ! me cria-t-il d'une voix épuisée, tu viens me voler et me tuer ! eh bien ! meurs donc avec moi ! –

Et dans son égarement, se perdant dans sa propre rage et ses propres menaces, il poussa violemment la grille comme pour la fermer sur mes pas.

« À peine ce mouvement était-il exécuté, que, poussant un long cri de regret et de désespoir, il voulut faire un effort en sens inverse pour la retenir ; mais les pênes et les ressorts avaient déjà claqué dans leurs gâches. Il était trop tard.

« Immobile et glacé, atterré comme un valet à la vue d'un vase échappé de ses mains et qui se brise, le vieillard resta là, anéanti, écrasé.

« La grille, quoi qu'on pût faire, ne pouvait s'ouvrir que du dehors.

« Nous étions scellés à jamais dans la tombe.

« J'aurais encore bien des choses à dire ; mais l'obscurité de plus en plus me gagne. La mèche ne donne plus qu'une faible lueur rouge ; elle pétille, elle fume, elle s'éteint ! Que d'horribles heures cependant m'attendent encore !… Je n'y vois plus, je ne sais plus ce que je trace… Ô vous qui me lisez, détournez vos regards de mon malheur ! Oh ! donnez-moi seulement une prière et une larme ! »

Suivaient quelques mots encore, mais tout-à-fait illisibles.

Puis au hasard, beaucoup plus loin et perdu parmi les feuillets blancs du calepin, M. d'Argenson trouva encore ceci tracé en grosses lettres et dans le plus grand désordre. Il fallait deviner plutôt que lire :

« Je n'ai pour mesurer le temps que mon imagination et mes souffrances. Peut-être y a-t-il déjà plusieurs jours que je suis enfermé dans ce cachot, en proie aux tortures de la faim, – supplice horrible !

« Il me semble que j'ai dans la poitrine une troupe d'animaux dévorants, qui la ronge et la broie à plaisir.

« Mes mâchoires se crispent et se serrent ; je ne puis prononcer une parole.

« Je suis si exténué, que mes doigts ne peuvent tenir le crayon que je viens de reprendre pour essayer d'écrire encore quelques phrases malgré les ténèbres.

« Ô mon Dieu, quand donc la pensée m'aura-t-elle quitté avec la vie !

« Ô mon Dieu, que je souffre !... »

Le crayon ensuite n'avait plus laissé qu'une trace informe, comme si la main, tremblante, épuisée, avait coulé sur le papier, entraînée par son propre poids.

Il est à croire que le pauvre Adolphus ne survécut pas longtemps à ce dernier effort.

Lorsque M. Voyer d'Argenson eut achevé de déchiffrer ces dernières paroles, cette dernière plainte de l'infortuné neveu de maître Jean d'Anspach, Suzanne, qui avait observé les diverses impressions qui s'étaient peintes tour à tour sur son visage, lui dit en souriant : – Que lisez-vous donc là de si terrible, que vous êtes tout ému, monseigneur ?

– Je lis, ma belle pythonisse, une épouvantable histoire pleine d'angoisse et d'agonie, une histoire de gens morts de faim, et qui pourtant ne fréquentaient pas l'Hélicon.

XVIII.

Ce ne fut que dans l'après-midi que revint l'estafette expédiée au roi par M. d'Argenson.

Huit heures et plus s'étaient écoulées entre l'intervalle du départ et du retour, et ces huit heures trop rapides, au gré de M. le lieutenant, ne lui avaient paru que quelques doux instants passés dans une ravissante compagnie.

Il est vrai qu'après la lecture faite du calepin du malheureux neveu de maître Jean, il s'était mis aux pieds de sa captive et n'avait plus cessé de l'entourer des soins les plus empressés, et de lui donner toutes les marques d'admiration et de sympathie que peut imaginer la courtoisie la plus raffinée.

Suzanne s'était défaite peu à peu de sa première rudesse ; elle recevait les propos galants et les témoignages affectueux de son admirateur d'une façon moins dédaigneuse ; elle avait senti sans doute qu'il y avait plus à perdre qu'à gagner à la rébellion. – Il est si facile à la beauté de changer des chaînes en guirlandes de fleurs.

Une partie de la matinée s'était ainsi passée délicatement dans les joyeux devis et dans les plaisirs expansifs de la table ; rien ne favorise davantage les doux propos et les jeux de l'esprit. M. d'Argenson avait fait improviser un déjeuner fort agréable et fort mignon, et vraiment assez somptueux pour n'être composé que des ressources culinaires d'un village.

Comment Suzanne eût-elle pu résister à de si aimables manières, à de si nobles attentions ? Cette dernière circonstance, je veux dire celle du déjeuner, avait contribué surtout à ramener la cruelle.

La réponse du roi qu'avait apportée le messager était brève et positive.

« Bonne prise ! sa majesté y disait-elle. – Faites mettre au Donjon tous ces chercheurs d'or, et faites mettre tout cet or dans ma cassette ; il servira à payer la pension de nos magiciens, et subviendra aux frais de la nouvelle guerre que je prépare. – La chose sera tenue cachée. Laissez ces cadavres dans leur tombeau naturel, et faites combler ce repaire pour qu'il n'en soit plus question désormais. »

Armé de cet ordre souverain, M. le lieutenant-général ne tarda pas à se montrer dans notre appartement, où, depuis qu'il nous y tenait confinés, il ne nous avait fait que quelques visites assez courtes. Cela se conçoit, nous avions perdu la plus belle partie de nous-mêmes ; il nous avait dérobé la seule perle qui brillât sur notre front, le seul parfum qui fumât parmi nous ; il nous avait ôté notre Suzanne ! Suzanne était auprès de lui, Suzanne l'inondait, le fascinait, l'enivrait, l'immobilisait… Eh ! qui donc quitterait volontiers les doux rayons qui émanent d'un astre pour une atmosphère stupide et désolée ?

Ce n'est pas que nous fussions restés absolument dans les larmes ; non, grâce à notre révérend prieur, homme si plein de stratagèmes en pareille matière, et à l'obligeance du propriétaire du château, qui se trouvait prisonnier comme nous, prisonnier dans sa propre demeure, nous avions improvisé aussi, de notre côté, un déjeuner fort peu frugal, mais sans gloire : Suzanne y manquait. Bacchus à moins eût pris le deuil. Je sais bien que, pour mon compte, si je n'eusse craint d'aggraver ma faute et d'empirer ma position, je me serais déclaré ouvertement le rival de M. le lieutenant-général, et, les armes à la main, j'eusse réclamé notre Hélène.

– Messieurs, nous dit M. d'Argenson, affectant d'éprouver un vif regret (cet air de regret fait partie du matériel d'un magistrat), j'ai reçu les ordres que j'attendais de sa majesté, ils sont comme je l'avais prévu, fort précis et fort sévères ; mais comptez sur ma bienveillance, sur l'intérêt que je vous porte ; je ferai tout ce qui dépendra de moi pour atténuer les suites de la colère royale. Croyez bien que, si cela était en mon pouvoir, cette affaire, qui d'ailleurs est fort s'aurait pas des conséquences bien fâcheuses.

Mensonge et hypocrisie ! Une heure après ce beau discours, sans égard pour notre rang et notre qualité, on nous entassait dans une charrette couverte, empruntée sans doute à quelque fermier du pays, et sans nous faire connaître notre destination, on nous fit partir sous une bonne escorte de gardes à cheval de la maréchaussée.

Comme le soleil descendait à l'horizon et que la terre commençait à s'envelopper dans le voile sombre du soir, nous atteignîmes le bois et le donjon de Vincennes.

Je vous laisse à penser quels furent notre effroi et notre stupeur, quand nous nous vîmes entraînés dans les murs de cette prison d'état.

XIX.

Dans la nuit même qui suivit cette translation, c'est-à-dire pendant la première nuit de tristesse et d'horreur que nous passâmes à Vincennes dans de véritable cachots, l'or et toutes les richesses que recelait le caveau de maître Jean d'Anspach furent enlevés et versés dans la cassette du roi.

La nuit d'ensuite, selon le désir de sa majesté, les salles souterraines que le vieil usurier avait fait construire avec tant de soin et de frais, furent comblées et remplies de terre et de débris de toutes sortes, jusqu'au haut de l'ouverture ; si bien que toutes traces en ont disparu, et qu'il serait bien difficile aujourd'hui d'en indiquer la place.

La première attention de M. le geôlier en chef du Donjon ne fut pas généreuse ; il me sépara de mes compagnons d'infortune, qui furent sans doute aussi séparés l'un de l'autre. Je ne les revis plus depuis lors, j'ignore totalement ce qu'ils sont devenus.

Quant à Suzanne, grâce sans doute à sa beauté, elle ne fat point enfermée à Vincennes. On dit même que M. d'Argenson en avait parlé si galamment au roi, que le monarque, dont l'aversion pour les sorciers s'était probablement fort diminuée depuis que ses coffres avaient été remplis à leurs dépens, voulut qu'elle vînt se faire voir à Versailles, qu'elle y parût même dans son beau costume de devineresse qu'elle portait le jour de notre arrestation devant la caverne. – Ce qu'il advint de cette visite à la cour et de la tendresse de M. le lieutenant-général, c'est tout une longue et amoureuse histoire, que ce n'est pas ici le lieu de raconter.

D'ailleurs le temps aujourd'hui nous manque pour cela, ajoutait M. de Brederode ; Dijon, notre bon porte-clés, est là qui nous attend et s'impatiente.

Dijon, ne vous fâchez pas, nous sommes à vous, nous vous suivons.

XX.

Voici, comme nous l'avons dit au commencement de ce travail sur M. de Brederode, l'étrange fable que ce gentilhomme hollandais racontait ordinairement à ses compagnons de captivité.

Serait-ce la vérité pure et simple, comme nous l'avons déjà dit également ? Serait-ce une invention de son esprit troublé par une trop longue détention, une fiction qu'il avait arrangée pour couvrir le motif réel de son emprisonnement, qui peut-être n'était pas du nombre de ceux qui se puissent avouer ? Nous ne le savons pas, nous le répétons, et les registres de la Bastille gardant à cet égard le silence le plus entier, il est croyable qu'on l'ignorera toujours.

Ce qu'il y a d'indubitable, c'est que le pauvre captif, dont les mœurs étaient douces et paisibles, après deux années de séjour à Vincennes, passa douze autres années à la Bastille, et qu'au bout de cet interminable châtiment, épuisé par l'ennui et le chagrin, il tomba malade, et si gravement, qu'il fallut le transporter à l'hôpital, où la mort, tant de fois appelée, vint enfin mettre un terme à ses souffrances.

Ce qu'il y a de non moins certain, c'est que la croyance d'un trésor existant et caché, on ne sait où, dans les terres du village d'Arcueil, subsiste encore. Si la police et le roi, dans les premiers jours du xviiie siècle, l'ont effectivement enlevé, cette capture a dû se faire d'une façon bien secrète, car depuis ce temps l'opinion vulgaire n'a pas changé.

J'ai vu moi-même à Arcueil, dans une propriété hachée et morcelée par des spéculateurs, une espèce d'entrée de glacière qu'on donnait pour être l'orifice extérieur d'un souterrain inconnu, impénétrable, devant contenir un immense trésor :

Le trésor de maître Jean d'Anspach !